古典詩歌研究彙刊

第二輯

龔鵬程 主編

第7冊

「李杜論題」批評典範之研究

廖啓宏 著

國家圖書館出版品預行編目資料

「李杜論題」批評典範之研究／廖啓宏 著 -- 初版 — 台北縣永和市：花木蘭文化出版社，2007〔民96〕

目 2+150 面；17×24 公分（古典詩歌研究彙刊 第二輯；第7冊）

ISBN-13：978-986-6831-24-9（全套：精裝）
ISBN-13：978-986-6831-31-7（精裝）
1.（唐）李白 2.（唐）杜甫 3.唐詩 4.詩評

851.4415 96016198

ISBN - 978-986-6831-31-7

9 789866 831317

古典詩歌研究彙刊
第二輯 第七冊 ISBN：978-986-6831-31-7

「李杜論題」批評典範之研究

作 者 廖啟宏
主 編 龔鵬程
出 版 花木蘭文化出版社
發 行 所 花木蘭文化出版社
發 行 人 高小娟
聯絡地址 台北縣永和市中正路五九五號七樓之三
電話：02-2923-1455／傳眞：02-2923-1452
電子信箱 sut81518@ms59.hinet.net
初 版 2007 年 9 月
定 價 第二輯 20 冊（精裝）新台幣 28,000 元

「李杜論題」批評典範之研究

廖啓宏 著

作者簡介

廖啟宏，台北市人。現為中央大學中文所博士候選人，長庚技術學院兼任講師。專長領域為古典詩學、當代文學理論及文藝創作、評論。

提　　要

　　唐詩，在歷代詩家／詩評家眼裡，是中國古典詩藝發展上的高峰，而李白和杜甫的詩作，又是其間極致的展現；故無論就創作抑或批評以觀，李、杜都可謂歷代最重要的一組「典範」。

　　「典範」一名，其實改易自孔恩的理論。移用到本文的研究上，它可分藉「人格風格詮釋典範」和「語言風格詮釋典範」兩個範疇，來映顯不同的批評思維。另按「李杜論題」的規定，相關論述大抵須滿足「同時批評李、杜」的條件；而這些資料又自具「優劣論」和「學習論」二個趨向。

　　再者根據邏輯，「李杜優劣論」可有四種排列組合：「杜優李劣、李優杜劣、並尊李杜、李杜俱有不足」（「李杜俱劣」違反論題內規）。對簡中最豐碩的「並尊李杜」批評資料，本文更從「通論、連類、源流、人格、文體、才學（之屬）」等次項，以文字、圖表並行來詮明其涵蘊。至於「李杜學習論」的論述的設計，則藉「學李不學杜」、「學杜不學李」以及「並學李杜」三個層面（「不學李杜」違反內規），並佐以圖表分作闡釋。

　　最後，雖有余英時、龔鵬程諸位先生移用的模式在前，本文仍嘗試更系統地運用孔恩的理論，並據之省察中國文學批評史的發展問題。相信這項研究，當能為文學（批評）上的「比較研究」提供一操作上的示例。

目

錄

第一章　導　論

第一節　從「論題」到「李杜論題」

一、「論題」

　　根據西方學術傳統上的用法，「論題」（thesis）一詞大致包涵下列幾種意義：（一）指運用演繹法則而獲得的知識，其所有命題不屬於無需證明（自明或預設）的公理，而是藉由推論得來的（註1）；（二）為了進行思索或證明而提出的一項命題；（三）為了取得某種等級的資格，而提出的具有較大份量的論文（註2）。

〔註1〕在亞里士多德（Aristotle，384－322 B.C.）的邏輯中，論題指：（一）三段論式中用來當作前提的未證明命題，並以之區別於無需證明或預設的公理；（二）任何違反公意，但易於被推論、證明的命題。參見 Dagobert D. Rune：Dictionary of Philosophy.（Totowa，New Jersey：Rowman & Allanheld，1984），P.333。說另詳亞里士多德著，徐開來譯：〈論題篇〉，《亞里士多德全集一》（北京：中國人民大學出版社，1997 年 1 月 2 刷），頁 351、547。此外，這裡的演繹（deduction）一詞並不以傳統的三段論為限。

〔註2〕以上關於論題的定義，歸結自布魯格編著，項退結編譯：《西洋哲學辭典》（臺北：華香園出版社，1992 年 8 月增訂第 2 版），頁 373、374、Thomas Mautner：A Dictionary of Philosophy.（Oxford，UK／Cambridge，Massachusetts：Blackwell，1996），p.427；以及同註一，Dagobert D. Runes：Dictionary of Philosophy，p.333 等的解釋。

　　至於中國傳統典籍方面，在觀念上雖亦不乏相當於西方「論題」一詞的主要意義的術語（實則『論』、『題』義或近之），但卻未曾合「論」、「題」爲一，賦予定名，注以實義。

　　《說文》：「論，議也。從言侖聲。」又「議，語也，一曰謀也。從言義聲」、「語，論也。從言吾聲。」段玉裁注雖然認可許慎將「論」、「議」、「語」三字解釋成與人交談的言語行爲，但卻以爲許慎將「論」、「議」視爲聲不載義的形聲字的觀點未盡妥善。據他的看法，二字當解說爲「從言侖，侖亦聲」、「從言義，義亦聲」，而他對「亦聲」字所下的界義是「會義兼形聲」；因此，他即以「侖」、「義」的意義來豐富「論」、「議」二字的解釋。段氏釋侖爲「思也，理也」，「論」字從其得義，故可定義成「凡言語循其理，得其宜」（段氏語）；他又謂「議，誼也」，而「誼」乃人之所宜，是則「議」字可定義爲「言得其宜」（段氏語：〔註3〕）

　　總結段說，我們對「論」字形成的理解是：一種經過思考，遂行析辨，並循其內在理路，藉由公衆認可的方式來表達，以獲得適當效果的言語行爲。就「論」字的意義而言，這也是歷代各類文本間最主要的用法。如《周禮‧考工記》：「或坐而論道；或作而行之」，鄭玄注「論」爲「謀慮」；《禮記‧王制》：「凡官民材，必先論之，論辨然後使之」，鄭玄注「論」曰「考」，孔穎達正義解謂「論量」，孫希旦釋爲「考論」；《呂氏春秋‧應言》：「入與不入之時，不可不孰論也。」高誘注：「論，辯也」；《文心雕龍‧論說》：「述經敘理曰論。論者，倫也」；《釋名‧釋典藝》：「論，倫也，有倫理也。」等多承此義。另外，雖然「論」後亦發展成一種特定的文學體製（genre），但若依《文心雕龍‧論說》：「彌綸群言，而精研一理者也」的說法，則相應於「論」這種文學體製，其最適當的藝術效用和可能的審美標準，也大致不出

〔註3〕段玉裁對「亦聲」字的定義詳載於〈說文解字敘〉的注文中。參見許慎著，段玉裁注：《說文解字》（臺北：書銘出版公司，1992年9月6版），頁763。

「論」字主要意義的範疇。

《說文》:「題,額也。」段注:「引伸爲凡居前之稱」。《釋名・釋書契》申論「題」曰:「亦言第因其次第也」,畢沅疏證解云:「古書標題,每篇之首必題第一、弟二等目以迄於終」;準此,則「題」有題目與標識之義。而「題」所以具「標識」的功能,乃肇因其尚涵細察、辨明之義,如《釋名・釋書契》云:「題,諦也。審諦其名號也」;又《左傳》襄公十年傳文:「舞,師題以旌夏」,注亦曰:「題,識也」。再者,「題」的意義尚及於指稱簽署、書寫行爲的「題署」。歸納這些闡述,我們對「題」字主要意義形成的理解是:本指額頭,繼而引伸有題目(如考題、書題、詩文命題等)以及標識、書寫等意義。

關於「論題」一名,在前述中國傳統意義脈絡和文法的基礎上,本文乃將「論」、「題」二詞視作連綴的「組合式合義複詞」〔註4〕,它的使用意義是:爲了進行理解,乃至評析一特定思考對象而提出的命題。就這個意義而言,它和西方學術傳統對「論題」的主要解釋也頗相符稱。換言之,無論從中、西學術傳統的意義脈絡來檢視我們對「論題」一詞的用法,都將不會產生扞格抑或歧義。

據此,則所謂的「李杜論題」,即是一項專就李白和杜甫爲理解、評析對象所進行的思考活動以及言語行爲。

二、「李杜論題」

前文已就「李杜論題」的組成形式略事闡析,而進一步規範「李杜論題」其第一序的、最主要的意義,我們則將它界定爲:必須同時以李白和杜甫爲研究對象,才稱得上這項論題最理想的形式。也就是說,任何針對李白或杜甫的個別討論,嚴格說來,只能算是「李杜論題」的理想形式之外,第二序的、附加的研究資具。在環繞李白、杜

〔註 4〕組合式合義複詞,指連綴成複詞的兩個詞,其中一個是主體,另一個則是附加的。參許世瑛:《中國文法講話》(臺北:臺灣開明書店,1994 年 9 月修訂 21 版),頁 26、27、37、41。舉本文「論題」爲例,即以名詞「題」爲主體,附加以動詞「論」,來合成單一的新義。

甫的各類批評中,「李杜論題」相應於各種研究途徑和內容,只有以李杜並舉的形式做整體考量,方爲正例。尤有進者,當批評者並舉李杜以展開自己的言說,或以其總結特定的研究主題,乃至視爲形式內容結合的最佳表述時,通常是先前一系列可能性和預設具體實踐的成果。一項選擇李、杜做爲主軸的研究,除了突顯兩人對於該項論題具有針對性的意義之外,平行對舉的形式結構從一般語言和文法的使用慣例上來看,也就意味著李杜的地位相等,範疇相當,或至少在其研究的脈絡間是可以比較的。

事實上,觀察歷代創作者、文評家對「李杜」在很多語境中的提法,幾乎就方便地把李、杜視爲並立的、平行的、毫無主從關係的兩個同詞類的詞,聯合起來當作「詞聯」自由地搬用﹝註5﹞;而且,也還不至於對這兩人的身分產生誤解。例如在一般情況下,他們的組合便不會被理解爲:李商隱與杜甫、李白與杜牧、李商隱與杜牧等等。同代如此,異代的可能性則更低;例如被誤解爲:李覯與杜甫、李白與杜耒之類。另外,後世的創作者、批評者也可能基於各異的動機和目的,偶將韓愈、王維、蘇東坡、黃庭堅等,或是將其同時代的文人附入「李杜」的既定討論匡架中參與對比;但是,當李、杜並舉的形式以及環繞此論題展開的意義探索,在唐代以降逐漸演變成關涉詩學二元思考的主要模式,或至少是對比匡架的主體結構後,我們認爲,在這些事實的基礎上,「李白與杜甫足堪比較」的前提,已經獲得普遍的肯認。

關於「李杜論題」的內容,本文不擬再對李白、杜甫的詩作進行實際批評,而是分合、闡析歷代環繞李、杜已具備的文學批評成果,或是其間「文學批評的批評」中較具代表性的說法,再取一後

﹝註5﹞根據許世瑛的說法:「兩個詞的詞類相同,名詞跟名詞,形容詞跟形容詞,動詞跟動詞,聯合起來,上一詞和下一詞之間是並立的,平行的,毫無主從關係可言,並且也不似一個句子的形式,這樣我們就叫它做聯合關係,簡稱『詞聯』」。同前書,頁33、37。

設的觀點進行批評活動。以我們提及的分合爲言，自是以其同質性
或差異性作爲判斷標準：同質性是所以構成「李杜論題」的必要條
件（此指二人位階上的等同判斷），差異性則逸出「李杜論題」設定
的討論框架，造成二人或高或低的優劣評價；值得注意的是，這兩
種對反的判斷，竟會在同一個批評者身上交替顯現。例如孔平仲於
〈李太白〉和〈李白祠堂・其一〉（《清江三孔集》，卷二十二、二十
三）二文雖對李白詩藝推崇備至，但若把他納入「李杜論題」與杜
甫齊觀，結果則是「（李）翰林何敢望（杜）藩籬」（〈題老杜集〉，
同前書，卷二十五）；這表明孔氏只在特定情況下承認李白的詩篇無
敵，那就是，不拿他和杜甫相衡量。這種落差現象，即突顯了「李
杜論題」規範上之必要；它讓我們更易於考察一位或一群批評者，
如何在個人的學術體系間調整觀點，並自發地選擇一深具傳統的批
評框架來處理詩學上遭遇的問題，去分優劣，去作同異。

　　需要釐清的是，對「李杜論題」做上述規範，並不意味我們打算
劃地自限，將論題外的資料完全摒棄來營造批評內容一貫性的表象；
尤有進者，對同一項議題的探究，個別思想系統在「李杜論題」內外
透顯的詮釋差異（如上舉孔平仲之例），也是極須解讀的現象。我們
認爲，如果詮釋者在「李杜論題」內的論述，只是他個人學術系統「整
體」中關於李、杜思索的一個「部分」成果（當然，相對於業已形成
詮釋傳統的『整體』，個人的學術系統只能算是『部分』）；那麼，藉
由部分和整體間的「詮釋學循環」（Hermeneutical circle；〔註6〕）操

〔註6〕詮釋學循環，在諸多詮釋學者的體系中，義蘊不儘相同。此處我們酌
　　　採施萊爾馬赫（Schleiermacher）的說法：他所謂的詮釋學循環，是
　　　指在理解活動進行的過程中，我們一方面藉由整體以界定部分，但
　　　另一方面則又結合部分來形成、豐富對整體的認知。參見帕瑪
　　　（Richard E. Palmer）著，嚴平譯：《詮譯學》（臺北：桂冠圖書公司，
　　　1995年4月初版1刷），頁95、109、高宣揚：《解釋學簡論》（臺北：
　　　遠流出版公司，1994年6月16日初版4刷），頁14、31。本文將特
　　　定讀者稱爲詮釋者和批評者，名稱偶或不一，但卻是在不發生扞格
　　　的審度下的修辭要求。附帶說明，我們對二者的理解是：詮釋是隸

作，除了將有助於我們更明確地源本詮釋者如何理解，進而評價李、杜之外，也可以對詮釋差異產生的原因提出較具效力的說明。

因此，除了以「李杜論題」第一序的理想形式做為主體之外，本文亦將分類酌採第二序的批評資料，用以對照、反省，進而深化或融會彼此的詮釋傳統。

第二節　從「典範」到「李杜論題批評典範」

本文關於「典範」（paradigm；也譯成『範式』）一詞的使用，大致取法孔恩（Thomas S. Kuhn）於《科學革命的結構》一書中的定義，而略有不同（註7）。根據孔恩對科學發展史的觀察，他認為在一個「前科學→常規科學→反常→危機→科學革命→新常規科學」的發展模式中，「典範」始終對這項歷程起著決定性的推動作用。他注意到，只要仔細研究某一時期、某一專門研究的歷史，便能發現一組反覆出現而近於標準的範例，它演示著各種理論在觀念上、觀察上以及在儀器上的應用實況。這組範例就是該科學研究社群的「典範」；甚至於，這個社群的成員還必須藉由研究和操作這組「典範」，才得以認知並掌握專業學能。在這項觀察的基礎上，他更進一步為「典範」區分為廣狹二義。廣義的「典範」指一門學科研究中的全套信仰、價值和技術，因此可稱為「學科的型範」（disciplinary matrix）；而狹義的「典範」，則指一門學科在常態情形下所共同遵奉的楷模（examplars or shared examples），是「學科的型範」中最重要、最中心的組成部分。

屬於文學批評範疇下的一項操作，前者是後者的充分條件。

〔註 7〕我們當然不至於忽略從中國文化的觀點來看，也有與本文「典範」一詞的意義相當者。舉其要者如「典式」，漢王符《潛夫論・三式》：「孝文皇帝始封外祖，因為典式，行之至今。」「範式」，《文心雕龍・事類第》：「至於崔（駰）、班（固）、張（衡）、蔡（邕），遂括摭經史，華實布濩，因書立功，皆後人之範式也。」以上二詞皆有範例、模範義。但因為我們是在孔恩的理論架構中使用「典範」的概念，故不贅述。

二者合成一個「典範」的充足概念。例如,在科學史的研究上,當我們說明自己對天文學、心理學或物理學所採取的觀點是「哥白尼的天文學」、「佛洛伊德的心理學」、「亞里士多德的物理學」或「牛頓的物理學」時,我們所說的,無非就是一組組學科的「典範」。

然後,孔恩斷定歷史進程間多次的「科學革命」,和一個個「典範」的取代、轉移具有密不可分的關係。因為,「典範」在一項學科中的效用雖大,但卻無法解決其中的一切問題。雖然它一方面做為認知的基底,並開啓了無窮的、新的研究契機;但另一方面,它卻也同時拋出了無數的新問題,讓後繼者得以接續地研究下去,從而對該學科形成一個新的研究傳統。

就上述「典範」的意義而言,我們認為,「李杜論題」無疑是唐代以降中國文學批評傳統上一組重要的「典範」。我們所以能如此判斷,乃至移用孔恩的理論進行研究,原因還可從兩個部分詳事說明。

一、「典範」意義的確證

「李杜論題」之所以是中國文學批評史上一組重要「典範」,其成因可通過兩方面加以考察和證成。

(一)李、杜作品是文學創作上的極致表現

對這方面有深刻感觸且率先表達欽慕之意的,當屬韓愈。於〈薦士〉詩他說:「勃興得李杜,萬類困陵暴」、又〈調張籍〉:「李杜文章在,光焰萬丈長。」這番讚譽,幾乎成了歷代評價李、杜最具代表性的說法。之後如杜牧說:「命代風騷將,誰登李杜壇」(〈雪晴訪趙嘏街西所居三韻〉)、司空圖描述唐初以還的文壇風景時表示:「宏肆於李、杜,極矣。」(〈與王駕評詩書〉)大抵都是這個意思。

這些在「李杜論題」肇立初期的說法,影響既深且具,他們幾乎主導了唐代以降文學批評的趨向和品味,使後世批評者必得摭拾既成觀點,去規模李、杜,進而窺探文學的本質。當然,其間亦不乏反其程序,選擇先對李、杜詩作進行實際批評,然後益發肯定前人所言不

虛者；但即便如是，這項批評對象的「選擇」也無非是影響下的產物——它受「何者爲經典作品」此一定見所影響。舉證其要者，如宋蔡絛「詩至李杜古今廢」（《西清詩話》）、嚴羽：「論詩以李、杜爲準，挾天子以令諸侯也」（《滄浪詩話・詩評》）、元楊士弘：「李、杜文章冠絕萬世，後之言詩者皆知李、杜之爲宗也。」（《唐音》）、明方孝孺：「舉世皆宗李杜詩，不知李杜更宗誰。」（〈談詩五首〉）、清趙翼：「（李、杜）二公才氣橫恣，各開生面，遂獨有千古。至昌黎時，李、杜已在前，縱極力變化，終不能再闢一徑」（《甌北詩話》卷三）。批評者雖身各異代，觀點卻如出一轍。

（二）李、杜作品是文學習作上的指導範例

文學「批評」（無論是指疵、稱譽、判斷、比較或鑑賞層面）中做爲極致表現的既存文本，不必然是創作者習作上最佳的指導範例；比方說，後人可能自覺蚍蜉大樹不可共量，對他們完全抱持尊之異之的心態，而選擇其他較易摹習的詩法入手，循序漸進。然則李、杜作品的情況卻非如此。他們不但是文學創作高度上的「並峙雙峰」（薛雪《一瓢詩話》語），同時也是指導後學爲詩不做他想的，最佳的一組範例。如宋朱熹：「作詩先看李、杜，如士人治本經。」（《朱子語類》）、元吳師道：「學詩必以李、杜爲宗；唐律四十字、五十六字，成一片文章，豈可以聞冗語填之」（《吳禮部詩話》）、明宋濂：「二公之天才力學，所以自得之妙，固未易深契；然其律呂可按，矩度可尋，故學之者眞積日久，未有不自成以至可傳者也」（《草閣集・序》卷首）、清劉熙載：「論李、杜詩者，謂太白志存復古，少陵獨開生面；少陵思精，太白韻高。然眞賞之士，尤當有以觀其合焉。」（《藝概・詩概》）由此顯見，這樣的觀點無代無之。

雖然，趙翼嘗就各代口耳競傳的一種「但覺杜可學，而李不敢學，則天才不可及也」（《甌北詩話》卷二）的流行觀點加以總結；但是，誠如許學夷的平實闡述：「太白以天才勝，而人無太白之才；子美以人力勝，而人無子美之力。故必李、杜兼法，乃能相濟，豈必盡兼二

公所至，始爲盡善哉。」(《詩源辯體》卷十八) 後人雖在表面上對前一種說法唯唯諾諾；但在心裡，後一種論調恐怕才是他們允執厥中的信念。這暗含了他們對自己才情學問的肯定和期許。因此，即便是以學杜自許而批評李白詩作品格污下的王安石，也不得不背地裡從李白處汲取創作所需的滋養，並且沒能逃過後人的法眼〔註8〕。

二、理論適用性的考察

在理論的適用性上，也可分從孔恩理論本身的後設，和具體的實踐成果兩個層面詳加考察。

(一) 從理論本身的後設層面而言

孔恩認爲，他的理論原來即轉借自其他學科，他不過是更系統化、精確化 (關於這點我們會有後續討論) 地將這個理論應用到科學史的研究上而已。因爲根據他的考察，一種「從傳統——經過革命性的突破——再回到新傳統」的發展歷程 (如同前文他對科學史所證立的發展模式)，乃廣泛地在在於諸如文學史、音樂史以及藝術史中；尤其是，當這些學科以風格上的革命性突破作爲分期標準時，這種反映特別明顯。所以，孔恩不但不反對其他學科的人把他的理論多方面的推廣應用，甚至認爲，這種推廣根本是順理成章的事〔註9〕。

(二) 從理論已具的實踐成果來說

孔恩理論在文學批評上的實踐，國內外均不乏其例。德國接受美學的開創者姚斯 (Hans Robert Jauss) 1983 年在一篇名爲〈我的禍福史：文學研究中的一場典範變革〉的文章中曾表示「我至今一直使用

〔註8〕相關的分析，可參閱王晉光〈李白對王安石的影響〉，《王安石論稿》
　　　　(臺北：大安出版社，1993 年)，頁 147、157。

〔註9〕孔恩在宣揚自己論點廣泛的應用價值時說：「文學史家、音樂史家、
　　　　藝術史家、政治發展史家，以及其他許多人類活動的史家，早就以
　　　　同樣的方式來描述他們的主題。」而這些作爲「當然是應該的」。參
　　　　見孔恩著、程樹德、傅大爲、王道還、錢永祥譯：〈後記─1969〉，《科
　　　　學革命的結構》(臺北：遠流出版事業股份有限公司，1994 年 7 月 1
　　　　日新版 1 刷)，頁 269。

孔恩的模型」〔註10〕。雖然他對孔恩模型的精確度不盡滿意，但從歷史發展機制的觀點，他認為文學理論和文學批評的研究不該是那種依靠累積一代代文學事實和考證結果，來發掘文掘文學本質的認知過程；不僅如此，其特點恰好就在質的飛躍，在於一種創造性的斷裂和革命性的突變——也就是文學批評「典範」的取代和轉移。從這點來說，他與孔恩並無不同。

　　國內學者相關的研究實例，如余英時先生〈近代紅學的發展與紅學革命〉一文即採孔恩的觀點，從「典範」的游離和轉移——索隱派、考證派、自傳說、鬥爭論等互革其命——來分析「紅學」學術史（《歷史與思想》，頁381～417）。另外，龔鵬程先生於《詩史本色與妙悟》一書的導論中，也採用「典範」的觀念概括反省了近代中國文學理論研究的困境——比方說，不應套用新「典範」去觀察、挑剔原有的「典範」，而理當追探原有「典範」本身傳統的律則——並嘗試提出重建之道（頁1～17）。

　　以上我們已就「李杜論題」之所以可被判定為一組「典範」的成因做了充分的解釋，其大致包涵：一、「典範」意義的確證：（一）李、杜作品是詩學發展上的最高成就，也是後人進行文學批評活動時的一組重要標準；（二）李、杜作品是後學進行文學創作活動時不可或缺的一組範例。二、方法適用性的考察：（一）孔恩「典範」與相關理論的設計，原本即打算開放給各個學科廣泛運用；（二）國內外的文學批評家已多有採用孔恩理論進行研究，並獲致具體成果者。據此，無論從孔恩理論的後設或實踐，抑或「李杜論題」之滿足「典範」定義等各個層面加以考察，結果都必然相同；那就是，我們視「李杜論題」是

〔註10〕大陸學者林必果將該篇文名譯為：〈我的禍福史或：文學研究中的一場範例變化〉。參見拉爾夫・科恩主編，程錫麟、王曉路、林必果、伍厚愷譯，萬千校：《文學理論的未來》（北京：中國社會科學出版社，1993年6月第1版），頁133、152。令人不解的是，國內有些運用姚斯理論從事中國文學批評研究的學者，似乎對這項思想脈路、傳承頗為陌生。

唐代以降中國文學批評傳統的一組重要「典範」的觀點，可無疑義。

　　然則基於方法論上的反省，對孔恩有關「典範」的理論，我們並不打算毫無去取地完全套用。孔恩雖嘗以「精確化」爲目標來建構自己理論系統；但結果恰恰相反，他的理論之所以能被各個學科廣泛應用，正是由於定義上的「不精確化」。根據研究指出，孔恩本人在使用「典範」概念時，似乎可以在不同的脈絡裡因解釋的必要而顯現出不同的意義；因此，哲學界對於孔恩理論在概念上的實際內涵，以及是否能夠充當他原先設想的功能，抱持著相當懷疑的態度。例如何秀煌先生在一篇名爲〈記號・論述和理論的「典範」——比較獨斷的典範和比較開明的典範〉的文章中即明白表示：「庫恩（按即孔恩）所倡議的，如果要從明晰精確的邏輯的角度來看，很可能是一組複雜而永遠難解的『多元多次方程』」〔註11〕。

　　但是，儘管多年來哲學界對孔恩的理論如何語帶保留、存而不論，在哲學領域之外，包括一些文學理論、文化理論乃至一般的社會科學的研究裡，「典範」概念及其配套理論仍然爲許多專家學者所津津樂道，頻頻使用它作爲安置個人思想系統的「模型」。這種現象恐怕正如何先生所言：「看來不同的學術研究領域，各自的確遵行崇奉著不同或不盡相同的典範——不管這個概念到底是什麼意思」（《記號・意識與典範》，頁 77）。我們覺得，這項原來針對較爲特定的學科領域（自然科學）而提出，並且內部還存在著無從檢證其眞假、對錯，或者眞假對錯程度如何的理論，已經在人文和社會科學以及其他諸多領域裡被太過氾濫，特別是——太過獨斷地使用。這些既氾濫又獨斷的研究，通常表現在對孔恩的理論採取一種強式解譯，將「典範轉移」和「科學革命」的關係界定爲：「典範」的轉移引起科學革命，甚至進而主張科學革命全然起因於「典範」轉移。

〔註11〕何秀煌：〈記號・論述和理論的「典範」——比較獨斷的典範和比較開明的典範〉，《記號・意識與典範——記號文化與記號人性》（臺北：東大圖書股份有限公司，1999 年 10 月），頁 77、124；引文見頁 122。

　　雖然我們也將運用孔恩有關「典範」的理論做爲研究的架構，但卻不願陷入氾濫且獨斷的解釋困境。我們或可接受何先生的建議，對孔恩的理論採取一種弱式解釋；也就是說，我們將避免以「創造性斷裂」和「革命性突變」之類的觀點來解釋「典範轉移」現象，或者直接把它當做推動學科發展的唯一成因。而弱式解釋的實際操作大致可分爲兩個層面：一、採取較爲寬廣的定義原則，將上述各個學科領域的理論假定、假設、前設或預設等都名之爲（爲自己系統服務的）「典範」；二、對於一門學科的發展歷史，不妨視爲各種不同型式的重要「典範」之間興衰消長的互動、演變、取代甚至是──融合過程（而非斷裂、突變）；若欲更推廣言之，我們甚至可以說人類知性理論的發展，無非是這些同時存在的「典範」（當然包括自然科學理論）彼此間逐漸轉移和交替的結果。

　　另外，依據何先生的分析，可能的理論「典範」初步可區劃爲：「語言典範、邏輯典範、存有典範、方法典範、功能典範、論域典範和價值典範等數種」（同上，頁 110～118）。當然，這幾種典範在必要時可以再做更細緻的內分；或者也可以在服膺個人理論假設的前提下予以融合，甚至改造。

　　以上的論述，主要在反映我們對於方法和理論使用的自覺性。我們借用孔恩有關「典範」的「理論」，但在某些面向，我們將它修改成一項建議，一套與理論對應的操作上「方法」〔註12〕，以提供文學批評資料系統化的架構，並獲取證成理論前設所需的條件和內容。

　　據此，我們可以對本文「李杜論題批評典範」的使用意義再作

〔註12〕這裡所謂「方法」的意義，我們採用勞思光先生的看法將它解釋爲：「指作某種目的性活動者，在其活動過程中應依循的一些條目。」同時由於 「方法」只是一種建議，它將只有效力問題，而無真僞問題。參見勞思光《思想方法五講新編》（香港：中文大學出版社，1998年），頁 2 以及〈哲學方法與哲學功能──序馮著《中國哲學的方法論問題》〉，文見馮耀明《中國哲學的方法論問題》（臺北：允晨文化實業公司，1989 年 9 月），頁 1、8。

說明。「李杜論題」是中國文學批評上的一組重要「典範」，而這項「典範」，則還需由批評資料中諸如何先生所言的「語言典範」等彼此融合、細分甚或改造，最後在一段特定的時間內，由一項最具效力的典範取得解釋權，並回過頭來爲「典範」的內容重新定位。猶有進者，或許我們還能藉由省察某些文學批評史上最具影響力的「典範」定義，從而對中國文學批評在理論及操作上的特定思維模式，以及它所形成的傳統，嘗試提出一種新的解釋。

第三節　研究範疇、理論與方法的設定

前兩節我們已從各個層面對「李杜論題批評典範」研究成立所需的概念，以及理論的使用方法逐項說明。其次，爲了避免觀念上的混淆，在提及「典範」一詞時，我們將視情況（例如在並列時）採取典範／「典範」不同的論述形式：一般而言，前者用以指稱「李杜論題」，而後者乃是從屬於它的次級概念；猶有進者，借用何秀煌先生的說法，典範還需要諸如「語言典範」、「邏輯典範」、「存有典範」……等，來充實其內容。例如，在文學批評的特定論域裡，我們會說在某段特定時間內，「××典範」是滿足「李杜論題」（或是『典範』意義）內容最具效力的解釋。

前文提及，在參酌何秀煌先生的建議後，我們或可對孔恩的理論採取一種經過推廣的、弱化的解釋；也就是說，我們將儘可能避免以強勢又單一的思考，來解釋「典範轉移」——亦即一門學科的發展問題。另外，正因爲接受何先生的建議，我們對「典範」的界定將有別於何先生——這是針對我們的研究對象所做的，必要的改造。以下，我們將對本文研究的範疇，以及「典範」內分後的各種型態，作更細緻的界定和說明。

一、研究範疇的設定

劉若愚先生在《中國文學理論》一書的「導論」中，曾提出先分

畫文學的研究和文學批評的研究兩個範疇，然後再作進一步區分的建議。我們將他的建議稍加約化後，可表示如下〔註13〕：

Ⅰ、文學的研究（study of literature）

　　A 文學史

　　B 文學批評

　　　1.文學的理論研究

　　　2.實際批評

Ⅱ、文學批評的研究（study of criticism）

　　A 文學批評史

　　B 文學批評的批評

　　　1.文學批評的理論研究

　　　2.文學批評的批評

　　藉由這項層級井然的範疇區劃，本文所欲處理的內容可大致說明為：（一）探討「李杜論題」的批評資料屬於ⅡB2 項：文學批評的批評；（二）對於孔恩理論的反省與運用，以及從「典範」抽繹出的文學批評模式的考察，則是ⅡB1 項：文學批評的理論研究；（三）移用孔恩的理論進一步觀察中國文學批評史的發展概況，屬於ⅡA：文學批評史的研究。據此，本文的論述將遍及文學批評的研究的幾個層面。

二、理論與方法的設定

　　顏崑陽生先在研究漢代的「楚辭學」時，曾將當時如何評價「屈騷」的思考總歸為兩種類型，並依其本質與價值標準的不同，區分為「人格風格」和「語言風格」，他解釋說：

　　　「人格風格」所指涉的是作者的道德精神生命依藉語言所

〔註13〕參見劉若愚著、杜國清譯：《中國文學理論》（臺北：聯經出版事業公司，1991 年 10 月第 3 印），頁 2、3。另外，這項根據本文的約化，還參考陳國球先生的作法，見氏者：《唐詩的傳承——明代復古詩論研究》（臺北：臺灣學生書局，1990 年 9 月初版），頁 1、2。

展現的整體人格風貌。……相對的，「語言風格」所指涉的
則是作品語言本身，由於它所內涵的題材（例如景物、事
態、情理）的表象聲色（不是象外所托的作者情志），以及
音、韻等質素與結構形式所具現的整體美感形相。〔註14〕

並且，顏先生認爲：「漢代『楚辭學』在評價活動上，已爲中國文學
批評確立了二種不同的『風格』概念。」（〈漢代「楚辭學」在中國文
學批評史上的意義〉，頁24）事實是，在確定「李杜論題」具備廣義
的典範意義（「學科的型範」）的前提下，我們發現，就論題涵蓋的批
評內容而言，它們以風格判斷爲主要思考；而「人格風格」與「語言
風格」堪稱箇中二大主流，同時滿足了孔恩對狹義「典範」的界定。
運用「人格風格」思考的批評例如：「有憫黎元、希稷契之志，而後
可以爲少陵之詩；有藐王公、輕富貴之志，而後可以爲太白之詩。」
（王贈芳〈誦芬堂詩鈔二集序〉，《慎其餘齋文集》卷三）執持「語言
風格」思考的批評則如：「杜陵、太白七言律、絕，獨步詞場。然杜
陵律多險拗，太白絕間率露，大家故宜有此。」（胡應麟《詩藪》內
編卷四）至於這兩種風格判斷如何構成，顏先生的說明是：「（人格風
格）必須以『詮釋主體』的精神生命，入乎言內又超乎言外，反覆去
感悟，並想像而得之。……（語言風格）只須直接以官能去覺受語言
表象之聲色或者分析其質素、結構。」（同上，頁24）──上引二例
亦可做爲例證──我們接受顏先生的看法；然則，本文所要處理的，
是對這些判斷的成果，在典範的架構下再行整理與詮釋。據此，我們
可將隸屬於「李杜論題」下的狹義典範，依其詮釋路徑的不同──大
致上，兩者分屬本體論的現象與認識（文本）的現象──區劃爲「人
格風格詮釋典範」與「語言風格詮釋典範」兩個系統。

　　另外，在初步整理歷代「李杜論題」的批評後，我們也發現一個
特殊現象。從資料可見，這些批評家往往即是創作者。雖然，中國傳

〔註14〕參見顏崑陽：〈漢代「楚辭學」在中國文學批評史上的意義〉，頁22、
　　　　24；引文見頁24。

統詩人身兼雙重身分的現象（橫跨文學史／批評史兩個範疇）極為平常；但問題在處理「李杜論題」時，他們竟不免產生言行不一、自相矛盾的特殊舉止。這種現象顯示，對他們而言（至少在「李杜論題」內），批評和創作的言說不必然是一致的。既然李、杜是文學創作上的極致表現（但不妨有優劣之別），是學習上最佳的指導範例，而這兩方面的批評又透露出不盡相同的旨趣；因此，本文的章節的設計，即將這項觀察反映到「李杜優劣論」與「李杜學習論」的分論上。

故下一節，我們將從「李杜論題」形成的背景展開論述，考察李、杜並列為中國詩史的兩大典範的歷史起點，同時確立這組新的批評模型的完成。

第二章首先探索「李杜優劣論」被提出的原因及其肇端之作；其次，將批評資料分別從李／杜、優／劣的四種組合方式——李優杜劣、杜優李劣、並尊李杜、李杜俱有不足（「李杜俱劣」與論題的內規相矛盾，故改之）——間擇取其中的代表性批評，予以適當的分析與歸納；最後，解讀其「詮釋典範」之所屬，並對批評分布的情況提出說明。

第三章以揭舉身兼批評者的詩人，在「李杜論題」裡言行不一的現象為始；據此，再就「李杜學習論」中幾種可能的學習選擇——學李不學杜、學杜不學李、並學李杜——的代表性批評，進行分析與歸納。末節則在經過「詮釋典範」的判斷後，從原理層面和實踐層面進一步剖析「李杜學習論」的涵蘊。

第四章，我們嘗試先對孔恩理論的後續發展（回應各個學界的質疑）再事詮明，並在與典範對應的考量下，以他在修正理論上重新強調的「科學社群」、「不可共量性」等觀念，來檢視「李杜論題／李杜優劣論」中特定的「文學批評社群」結構，及其習用的方法的特徵。另外，也將探討「典範」間的溝通，與批評者／創作者角色轉換的關係。然後，更藉由孔恩「典範轉移」的論點，從「李杜論題」出發、擴展，以觀察中國文學批評史的發展概況。

　　第五章結論，我們將視其必要，把先前面章節較為龐雜的論述製成表格，讓不同的「詮釋典範」間的論點對比更為昭著。當然，我們也將從文學批評的批評（理論批評與實際批評）的兩個層面，對本文的研究成果、限制以及可能的發展，提出個人總結性的反省與建議。

第四節　分論的前置研究——「李杜論題」形成背　　　景的考察

　　根據資料顯示，李白和杜甫被公認為唐代詩藝極致的兩大「典範」，約莫要到中唐晚期，至此，「李杜論題」才算得到初步的確立。在這之前，雖亦不乏批評家對李、杜作品多加稱賞，但通常是基於個人審美態度下或此或彼的選擇結果，尚未形成李、杜並舉的批評方式。盛唐任華曾分別作〈寄李白〉、〈寄杜拾遺〉〔註 15〕以推尊二人，然而這種各別的寄語崇奉，也還不在「李杜論題」特定的批評模式之中。

　　從唐人選唐詩的取捨來看，盛唐以至中唐前期，李、杜在文壇的地位似仍浮沉不定。殷璠《河嶽英靈集》中不收杜詩，對李白的評價較諸常建等人亦不見突出。皎然《詩式》於李白只取〈上雲樂〉，卻還認為其「非雅作，足以為談笑之資」，乃列入「調笑格」；而在杜甫，也僅收〈哀江頭〉一詩，並繫屬於詩作五格中評價不高的「直用事」第三格〔註 16〕。高仲武《中興間氣集》自詡通收「起自至德元首，終於大曆暮年」間「體狀風雅，理致清新，觀者易心，聽者竦耳」的作品，但猶不及李、杜詩。

〔註 15〕參見清康熙御製，王全等點校：《全唐詩》（北京：中華書局，1992 年 10 月 1 版 5 刷），頁 2902、2903。

〔註 16〕《詩式》在「詩有五格」中的「直用事第三格」下，有注說明云：「其中亦有不用事，格稍弱，貶為第三。」顯見評價不高。另外，根據今人許清雲的爬梳整理，杜甫的作品不但被列於第三格，就皎然稱引的一百二十八例之中，杜詩也僅有〈哀江頭〉一首。參見許清雲：《皎然詩式輯校新編》（臺北：文史哲出版社，1984 年），頁 43～44、91、117。

在這些同時代的選評中，李、杜作品未獲得應有的重視和較高的評價，選評者主觀的批評標準，或許是主要的原因；然則這種現象卻也反映了至少在當時，李白和杜甫尚未被抬舉為詩壇無可匹敵的兩大「典範」，而他們的作品，也還沒被崇奉為唐詩發展歷程上所能達到的最高成就。

迄及元和年代，經過一些文人，特別是當時較具影響力的詩家的極事推尊，李、杜於詩壇的崇高地位才逐步確立、穩固。以其中的代表性人物韓愈為例，據宋洪邁《容齋隨筆·四筆卷三》的整理，他在詩文間稱頌李、杜者便達六次，除《新唐書·杜甫傳贊》所引「李杜文章在，光焰萬丈長」（〈調張籍〉）外，尚有「少陵無人謫仙死，才薄將奈石鼓何」（〈石鼓歌〉）、「高揖群公謝名譽，遠追甫白感至誠」（〈酬盧雲夫〉）、「勃興得李杜，萬類困凌暴」（〈薦士〉）、「昔年因讀李白杜甫詩，長恨二人不相從」（〈醉留東野〉）、「近憐李杜無檢束，爛漫長醉多文辭」（〈感春〉）等。旁證如元稹在〈唐故工部員外郎杜君墓係銘並序〉記述當時詩壇景從的歸趨說：「時人謂之李、杜」；白居易〈與元九書〉的觀察近同，也說：「詩之豪者，世稱李、杜。」另外，1959 年中國大陸新疆婼羌縣米蘭古城出土的坎曼爾的三首詩，其中〈憶學字〉一詩也嘗提及李、杜：「李杜詩壇吾欣賞，迄今皆通習為之。」坎曼爾是活動於唐憲宗元和年間的安西人，約與韓、柳、元、白同時〔註17〕。

以上文獻顯示在元和年代，李、杜並列為唐代兩大「典範」，已是當時文人普遍接受的現象；而我們所謂的「李杜論題」，即在如此氛圍下奠定，同時，也為中國文學批評開啟了一組新的批評模型。

雖然，「李杜論題」作為新的「典範」已為中國文學批評建立一組重要的批評模型，而選擇這組批評模型進行論述，通常就意味著對此論題的存在狀態具有一種（不得不然的）基本肯定──無論如

〔註17〕這項考古資料轉引自羅宗強：《李杜論略》（呼和浩特：內蒙古人民出版社，1982 年 12 月 2 刷），頁 8。

何，你無法抹去『唯有李、杜足堪比較』這項被（歷代）文壇普遍接受的事實；但是，在這項形式上、前提上的共同肯定之外，一個批評者也可能基於個人的文學觀念或審美偏好，給予「李杜論題」的內容更明確、細部的規定。而這種規定，乃集中在李、杜的優劣評判上。從理論層面來說，對李、杜之為「典範」加以肯定尚未涉及兩人間的高下裁判——你可以讓批評停留在相對寬泛的「『典範』肯定」階段，再不窮究兩人的優劣問題；但就實際層面的觀察所得，歷代的批評者顯然不以此為足，他們似乎還需藉由對李、杜一別高下（無論是提出個人化解釋或者只是藉此黨同伐異）來宣告自己關於文學批評的見解。甚至，它幾乎變成批評過程中一項不可避免的操作——除了少數例外，即使是宣稱『不當優劣』者，在論證上亦鮮能跳脫優劣說的思維模式——至少以前舉的韓愈、元稹和白居易而言，他們對李、杜所採的態度便各自不同。如前例所示，韓愈對二人無所軒輊，而元稹、白居易則各據己意裁定杜優於李，甚或對李、杜作品皆有微詞；其中元稹為杜甫作的〈墓係銘〉，更是歷來「李杜優劣論」的肇端之作。

我們發現「李杜論題」奠定未幾，「李杜優劣論」隨即被提出，自此以降更成為涉足其間的歷代的批評者必得處理、表態的關鍵性議題；於是在幾個可能選項的意見積累之下，也就形成內容各異的批評傳統。以李／杜、優／劣的排列組合來說，具有的四種可能分別是：李優杜劣、杜優李劣、並尊李杜和李杜俱有不足（「李杜均劣」與論題的內規相矛盾，故改為此）。根據我們的觀察，在肯認「李杜論題」的「典範」意義的基礎上，歷來批評者通常不忘再從「語言風格詮釋典範」和「人格風格詮釋典範」兩大範疇的思考出發，選擇視角，重新界定他們文學「典範」的內容或附入既成的批評傳統，並在李、杜優劣的判決中定其去取。

順是，關於下文章節的設計，我們即因應歷代「李杜優劣論」分合的結果——四種組合衍生的批評傳統——展開論述。

第二章 「李杜優劣論」的典範研究

第一節 「李杜優劣論」的提出與對應的論述方式

依據劉昫《舊唐書·杜甫傳》的說法，「李杜優劣論」中杜優李劣的判斷（以下概以「杜優李劣」判斷名之），濫觴於元稹。這項說法幾無異議被後世的批評者所承繼。〈唐故工部員外郎杜君墓係銘並序〉是元稹一篇重要的文學論文，對「李杜論題」也表示了明確的批評觀點。這篇文章在歷敘各代詩體（製）、詩人的沿革與成就後，以杜甫作為詩學發展史上所能臻至的峰頂，他說：

> 至於子美，蓋所謂上薄風、騷，下該沈、宋，古傍蘇、李，氣奪曹、劉，掩顏、謝之孤高，雜徐、庾之流麗，盡得古今之體勢，而兼人人之所獨專矣。使仲尼考鍛其旨要，尚不知貴，其多乎哉！苟以為能所不能，無可不可，則詩人以來，未有如子美者〔註1〕。

在這種認知基礎上，他對當時詩壇李、杜並稱的現象提出了評斷：

> 時山東人李白，亦以奇文取稱，時人謂之李、杜。余觀其

〔註1〕與此條雷同的說詞，在宋代尚見於王得臣《塵史》、釋惠洪《冷齋夜話》、陳善《捫蝨新話》、陸游《老學庵筆記》等。雖然王定國在《聞見錄》中曾予以辯駁，指稱四家詩顯示的純粹是編輯時間上的先後次第，而非高下次第，但對當時文壇「以太白下韓、歐而不可破」（《聞見錄》語）的習見，卻沒能產生動搖。

> 壯浪縱恣，擺去拘束，模寫物象，及樂府歌詩，誠亦差肩
> 於子美矣。至若鋪陳終始，排比聲韻，大或千言，次猶數
> 百，詞氣豪邁而風調清深，屬對律切而脫棄凡近，則李尚
> 不能歷其藩翰，況堂奧乎！（同上）

顯然，對於時人李、杜並價的觀點，元稹只能有條件的認同。根據他主觀的閱讀經驗，李白詩作最值稱道的部分，在於擺脫詩文傳統形成的束縛（包括形式和內容），在各式詩體（製）的摹物狀情上，綜合表現出一種「壯浪縱恣」（取白居易〈與元九書〉並觀，可直解為「豪放」）的風格。其次，他認為在豪放的風格之外，儘管李白的樂府詩取得了極高的藝術成就，不過相對於「能所不能，無可不可」（〈杜君墓係銘〉）的杜詩，李白足堪比較的部分，也只有這些而已。

元稹進一步說明杜甫遠勝李白的地方，在於創作排律或五言長篇的體製時，能在格律妥帖的情況下，達到豪邁而清深（亦即「豪放」）的文學效果。元氏認為，即便就「豪放」（李白作品的語言風格）而言，杜甫也能在李白無法駕御自如的體製上，發揮同樣的藝術效果；更何況杜詩的風格還不限此一端。據此，李、杜之間的優劣昭然若揭。

雖然元稹是「杜優李劣」判斷的始作俑者，但他的論證基礎，卻飽受服膺這項結果的眾多批評家所質疑。如宋張戒《歲寒堂詩話》即謂：「鄙哉，微之之論也！鋪陳排比，曷足以為李、杜之優劣？」（卷下）金元好問〈論詩絕句〉同其聲氣說：「排比鋪張特一途，藩籬如此亦區區。少陵自有連城壁，爭奈微之識砆砆。」（之十）；猶有進者，晁說之在〈成州同谷縣杜工部祠堂記〉中申論李白「不得與杜甫並」之後，甚至轉而批評元稹的人品低下，根本不具備優劣李、杜的資格，其云：「彼元微之，讒諂小人也，身不知斐度、李宗閔之邪正，尚何有於李之優劣也邪？」（《嵩山文集》）

自元和時期以降，唐人普遍以李、杜並稱，無所優劣；元稹的說法反倒是歧出的意見。羅大經則認為，「杜優李劣」的判斷之所以

成為風行的觀點，主要來自宋代文壇較具影響力的人物的推波助瀾，他說：

> 本朝諸公，始至推尊少陵。東坡云：「古今詩人多矣，而惟以杜子美為首，豈非以其饑寒流落，而一飯未嘗忘君也與？」又曰：「〈北征〉詩識君臣大體，忠義之氣，與秋色爭高，可貴也。」（《鶴林玉露・李杜》）

這種肇端於宋代，以詩人人格和作品內容反映的道德成分來作抑揚的思維，幾乎主導了後世形成「杜優李劣」判斷的批評取向。如前引張戒在駁斥元稹之外，不忘重申「子美篤於忠義，深於經術」（《歲寒堂詩話》卷上），並指「子美獨得聖人刪詩之本旨，與三百五篇無異，此則太白所無也」（同上卷下）；晁說之也從「務實」層面強調杜甫「老儒身屯喪亂」，直指杜詩為《詩經》雅正傳統的嫡系，而李白不過像僭周而王的楚國，其作品不得與杜詩爭衡，猶如楚詩之未收於國風。

回到前面章節的解釋，我們說只要考察某一時期、某一專門研究的歷史，便能發現一組反覆出現而幾近標準的範例，演示著各種理論在思想、觀察乃至於其它途徑上的應用實況，而它就是典範；甚至可以說，該領域的社群成員還必須藉由研究和操作這組典範，才得以掌握專業學能。在考察歷代「杜優李劣」判斷的資料後，我們果真發現，始作俑於宋人的一種以詩人人格，和作品體現的道德成分——主要表現為拳拳忠君、愛國憂民——來揚杜抑李的批評模式，反覆出現其間；乃至於，只要作品不表現、或缺乏這種道德成分，就足以招來貶抑。上述現象滿足了我們對狹義典範，亦即「人格風格詮釋典範」一系的界定。以下，我們可將此系「典範」中最具代表性的說法略按朝代順序先行羅列，再事分析。

第二節　「杜優李劣」判斷及其代表性批評

（一）

> 荊公次第四家詩，以李白最下，俗人多疑之。公曰：「白詩

近俗，人易悦故也。白識見污下，十首九説婦人與酒，然其材豪俊，亦可取也。」（胡仔《苕溪漁隱叢話》前集卷六引《鍾山語錄》）〔註1〕

影響所及，金王若虛《滹南遺老集》中遂在覆述王安石的意見後，表示「然則荊公之論，天下之公言也。」（卷三十八）其他唱和者，如清孫枝蔚《溉堂文集・祁門三汪先生集總序》亦云：「昔太白詩爲唐一代領袖，而荊公獨不取，謂才高而識卑，十首九首多說婦人與酒。……以太白識度當如此，詩人其可不究心聖賢之學乎！」雖然，這種對李白作品「十首九說婦人與酒」的指控未必屬實，而且無法確證出於荊公之口；但後人顯然多將其視爲荊公的批評來接受。

（二）

李白詩類其爲人，駿發豪放，華而不實，好事喜名，不知義理之所在也。語用兵，則先登陷陣不以爲難；語游俠，則白晝殺人不人爲非。此豈其誠能也哉？白始以詩酒奉事明皇，遇讒而去，所至不改其舊。永王將竊據江淮，白起而從之不疑，遂以放死。今觀其詩固然。唐詩人李、杜稱首，今其詩皆在。杜甫有好義之心，白所不及也。（蘇轍《欒城集・詩病五事》）

蘇轍在〈詩病五事〉嘗言「唐人工于爲詩，而陋於聞道」，聞道與否可說是他判斷優劣的基準；而道的內容，則以儒家詩教爲歸依。郭紹虞先生《宋詩話考》對這五則詩論的分析是：「其對李、杜之評價……，皆以思想內容爲衡量之標準；即就表現藝術而言，亦每折衷於《詩經》。」〔註2〕從「李白詩類其爲人」、「觀其詩固然（如其人）」的論點來看，蘇轍顯是將作品風格視爲詩人人格的表現；而相較於李

〔註1〕與此條雷同的説詞，在宋代尚見於王得臣《塵史》、釋惠洪《冷齋夜話》、陳善《捫蝨新話》、陸游《老學庵筆記》等。雖然王定國在《聞見錄》中曾予以辯駁，指稱四家詩顯示的純粹是編集時間上的先後次第，而非高下次第，但對當時文壇「以太白下韓、歐而不可破」（《聞見錄》語）的習見，卻沒能產生動搖。

〔註2〕參見郭紹虞：《宋詩話考》（臺北：漢京文化事業有限公司，1983年1月20日），頁11。

白對義理（儒家的道德思想）的淡漠，於此著墨較多的杜甫，無疑具有優位性。

（三）

> 杜子美、李太白才氣雖不相上下；而子美獨得聖人刪詩之本旨，與三百五篇無異，此太白所無也。……子曰：「不學詩，無以言。」又曰：「詩可以興、可以觀、可以群、可以怨，邇之事父，遠之事君。」〈序〉曰：「先王以是經夫婦，成孝敬，厚人倫，美教化，移風俗。」又曰：「上以風化下，下以風刺上，主文而譎諫，言之者無罪，聞之者足以戒。」子美詩是也。（張戒《歲寒堂詩話》卷下）

（四）

> 1. 世俗誇太白賜床調羹爲榮，力士脫靴爲勇。愚觀唐宗渠渠於白，豈眞樂道下賢者哉！其意急得艷詞媟語以悅婦人耳。白之論撰，亦不過爲玉樓、金殿、鴛鴦、翡翠等語，社稷蒼生何賴？就使滑稽傲世，然東方生不忘納諫，況黃屋既爲之屈乎？說者以謀謨潛密，歷考全集，愛國憂民之心如子美語，一何鮮也！力士閹閭腐庸，惟恐不當人主意，挾主勢驅之，何所不可，脫靴乃其職也。自退之爲蚍蜉撼大木之喻，遂使後學吞聲。余竊謂：如論其文章豪逸，眞一代偉人；如論其心術事業，可施廊廟，李、杜齊名，眞忝竊也。（黃徹《䂬溪詩話》卷二）
>
> 2. 太白：「辭粟臥首陽，屢空飢顏回。當代不樂飲，虛名安用哉？君不見梁王池上月，昔照梁王尊酒中。……」此類者尚多。愚謂雖累千萬篇，只是此意，非如少陵傷風憂國，感時觸景，忠誠激切，蓄意深遠，各有所當也。
>
> （同上卷三）

承上，明都穆於《南濠詩話》中以相仿的論調續道：「李太白、杜子美微時爲布衣交，並稱於天下後世。……而愛君憂民，可施之廊廟者，固在於飯顆之耶？」而清陳偉勳《酌雅詩話》則非但重抄一段黃徹「如謂其心術事業，可施廊廟，李、杜齊名，眞忝竊也」的話，

更穿鑿野史傳說，誣指李白云：「後與貴妃宴，乃至捫乳笑。淫詞媟藝陳，胡兒始尤效」（卷一），批評至此不免近乎旁門左道。

引文（三）張戒《歲寒堂詩話》的論旨，《四庫總目提要》謂以「始明言志之義，而終之無邪之旨。」引文（四）黃徹自序《□溪詩話》述其選評考量不外乎「有誠於君親，厚於兄弟朋友，嗟念於黎元休戚，及近諷諫而輔名教者。」郭紹虞先生認爲，張、黃二人的觀點大抵均受蘇轍的影響，而加以發揮﹝註3﹞。從引文（三）張戒言必稱詩教的現象以觀，郭先生的看法信而有徵。在張戒眼中，李白作品所欠缺的、儒家詩教的道德意蘊，其實圓滿地呈現在杜詩中；因此，即使二人才氣不相上下，杜甫仍然高出一籌。引文（四）黃徹則坐實李白命高力士脫靴的傳說，批評李白未能善盡諷諫之責；另外，根據他對李白作品的檢視，其內容多涉玉樓、金殿、鴛鴦、翡翠等語（顯見不光是婦人與酒），也不若杜詩文字每出於愛國憂民之心。所以他認爲，單就文章而言，李白固然有其地位；但論及最重要的道德人格，李不逮杜多矣。

陸游在《老學庵筆記》雖質疑以作品中「十首九說婦人與酒」來屈下李白的言說，恐怕不是出自王荊公；但他個人的意見卻相去不遠：

（五）

> 《四家詩》未必有次序，使誠不喜白，當自有故。蓋白識度甚淺，觀其詩中如：「中宵出飲三百杯，明朝歸揖二千石」、「揄揚九重萬乘主，謔浪赤墀青瑣賢」、「王公大人借顏色，金章紫綬來相趨」、「一別蹉跎朝市間，青雲之交不可攀」、「歸來入咸陽，談笑皆王公」、「高冠佩雄劍，長揖韓荊州」之類，淺陋有索客之風。集中此等語至多，世俱

﹝註3﹞見同上，頁11～12；說法相同者，尚有陳文華：《杜甫傳記唐宋資料考辨》（臺北：文史哲出版社，1987年11月初版），頁226～227。若將「影響」寬泛理解爲，一種過去和現在的批評者、以及文學批評文本間的往來關係，它是可以成立的。

> 以其詞豪俊動人，故不深考耳。又如以布衣得一翰林供奉，
> 此何足道，遂云：「當時笑我微賤者，卻來請謁爲交親。」
> 宜其終身坎壈也。

清吳景旭《歷代詩話》卷四十八追附前人，將上段引文首尾完足地覆述一次（但未注出處）；而孫枝蔚也學舌說：「陸放翁謂其淺陋，有索客之風」（《溉堂文集・祁門三汪先生集總序》），所以不及杜甫。

引文（五），陸游雖將王安石對李白「識見污下」的批評改爲「識度甚淺」，畢竟相去不遠。至於他的優杜劣李，大概跟他抱持「惟天下有道者，乃能盡文章之妙」（〈上執政書〉，《渭南文集》）的觀點，說「古詩三千篇，刪取才十一。……天未喪斯文，杜老猶獨出」（〈宋都曹屢寄詩且督和答作此示之〉，同上）、「文章垂世自一事，忠義凜凜令人思」（〈游錦屏山謁少陵祠堂〉，同上）等有關。當然，以杜甫的「忠義凜凜」對上李白的「識度甚淺」，二人的優劣立見分曉。

（六）

> 李太白當王室多難，海宇橫潰之日，作爲歌詩，不過豪俠
> 使氣，狂醉於花月之間耳。社稷蒼生，曾不繫其心膂，其
> 視杜少陵之憂國憂民，豈可同年語哉！……朱文公曰：「李
> 白見永王璘反，便從臾之，詩人沒頭腦至於如此。杜子美
> 以稷、契自許，未知做得與否？然子美卻高，其救房琯亦
> 正。」（羅大經《鶴林玉露・李杜》）

清程正揆《讀書偶然錄》卷一則幾無改易地抄錄羅大經的文字，以示景從。

（七）

1. 詩如陶淵明之涵冶性情，杜子美之憂君愛國者，契於三
   百篇，上也；如李太白之遺棄塵事，放曠物表者，契于
   莊、列，爲次之。（吳喬《圍爐詩話》卷一）

2. 子美之詩，雖如太白，猶不及焉。蓋太白詩如屬鄉、漆
   園，世外高人，非有關于生民之大者也。（同上卷四）

3. 詩出于人。有子美之人，而後有子美之詩。子美于君親、

兄弟、朋友、黎民，無刻不關其念。置之聖門，必在閔
損、有若間，出由、求之上；生于唐代，故以詩發其胸
臆。有德者必有言，非如太白但欲于詩道中復古者也。

（同上）

雖然沒有直接證據顯示「李白詩多寫婦人與酒」的言論確實出
於荊公之口，對《四家詩》次第的解釋也稍有異議；但自宋代以降，
至少在「杜優李劣」判斷的批評傳統中，它們幾乎成為眾口鑠金的
「公論」。

羅大經論詩主張「須有勸戒之意，亦為貫道、實用之一端。」〔註
4〕對此處的「道」，張健先生的解釋是：「有實用倫常價值的道，當然
是指儒家之道。」（〈羅大經的文學理論研究〉，《文學批評論集》，頁
244）在引文（六）這條與前述宋人意見近似的批評中，羅大經甚至
援引朱熹的話來證成自己的說法；而凡此種種，無非是基於道德人格
的考量來優杜劣李。

清吳喬論詩屢稱「杜詩所以獨高者，以不違無邪之訓耳。」（《圍
爐詩話》卷一）他甚至建議「朝廷當特設一科，問以杜詩意義，于孔、
孟之道有益。」（同上卷四）相同的觀念也反映在引文（七）裡。按
照吳喬的看法，杜甫當屬儒家門徒（傳承詩教），杜詩每以憂君愛國
為念者，完全是道德人格的自然呈現。至於李白，則屬莊子、列子之
流，其作品雖有絕棄塵俗的高致，卻不及於社稷民生；而李白所追求
詩道（藝）上的復古，也與道德無關。因此，吳喬斷案說：「從來李、
杜並稱，至此不能無軒輊。」（同上）

從引文（一）至（七）沆瀣一氣的批評中，我們不難發現，奠
基於儒家思想的道德人格的評鑒，始終是李、杜間優劣判斷的決定
性條件。進一步歸納這些批評資料的內容，其優劣的判準可簡要地
說明如下：

〔註4〕參見張健〈羅大經的文學理論研究〉，《文學批評論集》（臺北：臺灣
學生書局，1985年10月初版），頁245。

一、杜甫深明義理，發爲傷風憂國之語（社稷蒼生長繫心膂）且多所諷諫，與三百篇無異；在精神層面，更直契孔子刪詩之本旨，爲儒學嫡派。單就李白在種精神上的缺乏，便足以判定他不如杜甫。

二、就作品風格來看，李白不但鮮少述及社稷民生，甚至偏重描寫婦人與酒，或玉樓、金殿、鴛鴦、翡翠等。相較於杜甫，李白的識見縱使不至污下，也頗爲淺陋。

其中的第一條歸納，尤爲此間的說詩者奉爲圭臬；它幾乎是各家批評確認優劣的「充要條件」。由此看來，在「杜優李劣」判斷中最關鍵的基準，還在於儒家的道德思想——以「忠君、愛國、憂民」爲內容——的成分。雖然，引文間亦有對杜詩「悲歡窮泰、發斂抑揚、疾徐縱橫、無施不行」（引文〔一〕），或者關於李白「文章飄逸」（引文〔四〕）的評語，顯示他們對二人的語言風格自有一定的理解；但這種認知，卻無法在此系判斷中發揮作用。陳文華先生對此現象的觀察結果是：「他們（案指宋人）並不輕視藝術形式，但一旦觸及到優劣軒輊的標準時，便自然的捨技巧而重內容，這就可以看出，儒家的詩教觀是在如何引導宋人的批評態度。」〔註 5〕而事實正是如此。

其次，檢視「杜優李劣」判斷中的資料，宋代以儒家的道德思想爲判準的文學批評，也對後世造成顯著的影響。除了上述最具代表性的說法之外，脈絡一貫而文字稍有出入的批評，尚可見於宋李綱、陳藻、趙次公、吳沆，明劉定之，清王心敬、黃子雲、袁枚等人的論著中〔註 6〕。

〔註 5〕參見同註三，《杜甫傳記唐宋資料考辨》，頁 232。

〔註 6〕宋代：李綱：「漢唐間以詩鳴者多矣，獨杜子美得詩人比興之旨，雖因躓流離而不忘君。故其辭章慨然有志士仁人之大節，非止模寫物象，形容色澤而已。」（《梁谿先生文集》卷 17）陳藻：「杜陵尊酒罕相逢，舉世誰堪入此公？莫怪篇篇吟婦女，別無人物可形容。」（《·讀李翰林詩》）趙次公：「至李杜，號詩人之雄，而白之詩，多在於風月草木之間，神仙虛無之說，亦何補於教化哉！惟杜陵野老，負王佐之才，有意當世，而骯髒不偶，胸中所蘊，一切寫之以詩。」（《成

通過對前述資料全體以歷時性的省察，我們不難發現，「忠君、愛國、憂民」（與否）的思想始終在「杜優李劣」判斷上發揮決定性的作用。後代的批評者承襲這套幾近標準的思維模式，其詩論多與前代批評者相同或至少相彷；甚至最初，在某種程度上，他們還必須藉由學習前代如是的批評視角，來掌握文學的意義和價值，並形成優劣的判準。根據這項彙整與分析，我們可以說，就「李杜論題」中從屬於優劣論的「杜優李劣」判斷而言，以「忠君、愛國、憂民」爲內容的儒家思想即是其間的典範；而在此處，「人格風格詮釋典範」是滿足「典範」內容最具效力的解釋。

當然，在這段歷史中亦雜有如明李攀龍在《古今詩刪》所言：「七言古詩，唯杜子美不失初唐氣格而縱橫有之；太白縱橫，往往強弩之末，間雜長語，英雄欺人耳。」清朱舜水於〈答安東守約雜問〉謂：「李、杜齊名，究竟李不如杜。李秀而杜老，李奇險而杜平淡，李用成等語更不經、煉丹等殊不雅，不如杜家常茶飯有味也。」（《舜水遺書》）尤珍〈介峰箚記〉文中說：「少陵集中無所不有，可謂集大成，眞詩中之聖；高標品爲大家，信哉！太白即以名家目之可矣。」（《滄湄類稿》）等根據語言風格來解釋「杜優李劣」成因的批評；不過，

都文類・杜工部草堂記》卷42）吳沆：「若論詩之正，則古今惟有三人，所謂一祖二宗，杜甫、李白、韓愈是也。……又謂李白無篇不說酒色，故置格於永叔之下，則此公用意，亦已深矣。」（《環溪詩話》）。

明代：劉定之：「子美當安史作亂時，徒步從肅宗，其詩拳拳於君臣之義。太白於其時從永王璘，欲乘危割據江表，叛棄宗社，作猛虎行云……。其辭意視祿山、思明反噬其主，比於劉、項敵國相爭，尚安知君臣之大倫歟？」（《皇明文衡》卷56）

清代：王心敬：「詩者，道志之具，美刺感興之事也；與其氣逸而無裨性情，不如意深而有切勸戒，則杜之視李，格韻風旨高出一等矣，又豈獨身不侔而已哉！」（《豐川全集》卷10）黃子雲：「杜陵兼風、騷、漢、魏、六朝而成詩聖者也。外此若……（按，指李白等）輩，猶聖門之四科要皆具體而微。」（《野鴻詩的》）袁枚：「情從心出，非有一種芬芳悱惻之心，便不能哀感頑艷。然亦人性之所近，杜甫長于言情，太白不能也。」（《隨園詩話》卷6）

相較於「人格風格詮釋典範」的龐大體系，它們非但數量微薄，彼此的觀點亦略見參差——難以充足狹義「典範」（『語言風格詮釋典範』）的內容——更重要的是，在「杜優李劣」判斷中，它們未被視爲關鍵的一系判準，僅屬於一項個人的、對二人詩藝的品味和認知。

　　本節從論證元稹爲「李杜論題」中「杜優李劣」判斷的始作俑者開始，我們羅列作出這項判斷的主要批評，並發現一種由宋人確立的，以詩人人格及其作品中反映的「忠君、愛國、憂民」思想爲優劣的判準後，這項根基於儒家道統的「人格典範」評價原則，便不斷在歷代優杜劣李的批評間，起著決定性的作用。其次，就這項「人格風格詮釋典範」的選取和操作上嫻熟度而言，清代批評者凌越元、明，直匹宋代，甚至乾脆鈔錄宋人的說法爲自己的批評張目。雖然，各代亦間雜執持「語言風格詮釋典範」來優杜劣李的批評；惟其零散不一，同時不被當做此系判斷的主要判準，故始終沒能動搖、或取代「人格風格詮釋典範」的解釋權，爲「杜優李劣」判斷內容提供眾所接受的意義。

第三節　「李優杜劣」判斷及其代表性批評

　　在「李杜優劣論」中，作出「李優杜劣」判斷的批評非但數量不多，形成的時間也不早——兩者皆相較於「李杜並優」和「杜優李劣」而言。前述唐代自元和時期以降，除了元、白等少數例外，文人大抵並尊李、杜，不加軒輊。到了北宋中期，這種均勢才在文壇偏重體現詩人「人格風格詮釋典範」（特別是蘊涵「忠君、愛國、憂民」思想）的作品的氛圍下，產生高度的傾斜。就發生意義來說，這種一面倒向「杜優李劣」的批評所以蔚爲主流且影響深遠，與此間指標性文人（如王安石與蘇轍等）的推波助瀾脫不了關係；值得注意的是約在同時，雖然寡眾懸殊，一些舉足輕重的文士也斷續提出了「李優杜劣」的批評。而歐陽修可說是其中的先聲。

　　歐陽修篇名聳動、內容絕不從眾的〈李白杜甫優劣說〉一文，確實引發論題裡更多的爭議；他說：

> 「落日欲沒峴山西，倒著接籬花下迷。襄陽小兒齊拍手，攔街爭唱《白銅鞮》。」此常言也。至於「清風明月不用一錢買，玉山自倒非人推。」然後見其橫放。其所以警動千古者，固不在此也。杜甫於白，得其一節而精強過之，至於天才自放，非甫可到也。（《歐陽文忠公集》卷一二九）

劉攽《中山詩話》揣度其意，解釋說：「歐公亦不甚喜杜詩，……然于李白而甚賞愛，將由李白超趠飛揚，易為感動也。」

　　分析而言，歐陽修對李白的賞愛，大抵出自個人的閱讀經驗，是一種對作品特殊的語言風格的感動。在他看來，李白作品所以不朽的原因，絕非建立在汲取日常生活用語（常言）的詩篇上，也不在迭出非凡況喻的文字裡，而是在那些充分體現其「豪放飄逸」風格的作品當中。歐陽修嘗在〈讀李白集效其體〉寫道：「李白高歌蜀道難，蜀道之難難於上青天。李白落筆生雲煙，千奇萬險不可攀，卻視蜀道如平川……。」一般推測，〈李白杜甫優劣說〉指的大概就是被賀知章歎為「謫仙」之作的〈蜀道難〉、〈烏棲曲〉等詩篇〔註7〕。猶有進者，他相信這種風格的創生得之於天（仙）才，而非力學所能臻至；所以即便是號稱「詩聖」，並且聲譽日隆的杜甫，亦未能企及。雖然，他也承認就詩藝來看，杜甫在某方面的表現較李白來得深刻；但那些部分，不過是摭拾李白眾多風格的片面，集中心力加以表現的結果而已。論及率性寫就的作品間展露的才情，杜甫終究無法與李白分庭抗禮。

〔註7〕事見孟棨《本事詩·高逸》；雖然，更多證據顯示「謫仙」之說可能是李白自己開的頭。如他曾自況云「青蓮居士謫仙人」（〈答湖州迦葉司馬〉）、「大隱金門是謫仙」（〈玉壺吟〉），而在〈對酒憶賀監二首〉序言：「太子賓客賀公於長安紫極宮一見余，呼余為謫仙人，因解金龜換酒為樂。」詩〈其一〉云：「四明有狂客，風流賀季真。長安一相見，呼我謫仙人。」唯後世批評者多據《本事詩》為說，此從之。

　　儘管歐陽修率先提出「李優杜劣」判斷的見解，然而聽者藐藐，在宋代除了引發爭議之外，鮮少聲氣相通的批評。直到明代，基於同一判斷的批評才逐漸、並少量地出現。王稺登可說是歐陽修異代的知音，他在〈校刻李翰林分體全集序〉中重彈歐的論調，更事推廣說：「竊謂李能兼杜，杜不能兼李；李蓋天授，杜由人力，軌轍合跡，軼轡異趣。如禪宗有頓有漸，難與耳食之士言也。」除了重申李白的作品風格涵蓋面較廣之外，王氏更舉禪宗頓、漸二路修行門徑，來比況李、杜間各由才、學的不同創作型態。另外，王士禛《帶經堂詩話》記述祝允明的觀點，說他：「作《罪古錄》論唐人詩，尊李白為冠，而力斥子美；謂其『以村野為蒼古，椎魯為典雅，粗獷為雄豪』，而總之曰『外道』。」（卷二）祝允明顯然認為，從作品以觀，杜甫對詩歌整體的藝術效果和審美特徵的認知，有所偏差；因其悖離了詩歌「文體」的理想形式，故稱為「外道」（不合乎中道）。而楊慎在《升菴詩話》另有一番比較：

> 盛弘之荊州記巫峽江水之迅云：「朝發白帝，暮至江陵，其間千二百里，雖乘奔御風，不以疾也。」杜子美詩：「朝發白帝暮江陵，頃來目擊信有徵。」李太白：「朝辭白帝彩雲間，千里江陵一日還。兩岸猿聲啼不盡，輕舟已過萬重山。」雖同用盛弘之語，而優劣自別。今人謂李、杜不可以優劣論，此語亦太憒憒。（卷四〈巫峽江陵〉）

其他如陸時雍《詩鏡總論》則專從個別的詩歌體製，及其相對的審美要求來區判高下云：「觀五古於唐，此猶求二代瑚璉於漢世也。……雖以子美之雄材，亦踏躓於此而不得進矣。庶幾者其太白乎！」又說：「七言古，……太白其千古之雄乎？……少陵何事得與執金鼓而抗顏行也！」（同上）高棅《唐詩品彙》更舉證申論云：

> 太白天仙之詞，語多率然而成者，故樂府歌詞咸善。……今觀其〈遠別離〉、〈長相思〉、〈烏棲曲〉、〈鳴皋歌〉、〈天姥吟〉、〈廬山謠〉等作，長篇短韻，驅駕氣勢，殆與南山秋氣並高可也；雖少陵，猶有讓焉……。

清應時《李詩緯》論李、杜詩同其門徑,說:「樂府體不尙論宗而敘事,故每以緩失之;故杜少陵無樂府也。太白篇什雖繁,而自放者多矣;然有出乎唐人之上者。」將高、應二氏的批評並觀,他們對樂府詩的理解相彷彿,可說明爲:一、這種體製不崇尙敘事筆法;二、句式以長短錯綜爲佳,而不宜齊整和緩——以利氣勢的營造;三、語句不妨放任才性所之,率然成就,不務繩削。基於上述考量,他們認爲李優於杜。

仇兆鰲《杜詩詳注》亦偶發持平之論云:「太白詩:『浮雲游子意,落日故人情。』對景懷人,意味深永。少陵詩:『寒空巫峽曙,落日渭陽情。』亦是寫景贈別,而語意淺短。杜詩佳處固多,此等句法卻不如李。」我們不妨取楊愼的批評與此參照。楊、仇的說詞雖然涉及李、杜對當下的、特殊情境的描摹工力,惟其事屬單一,除了證明李、杜不是無從比較,或李也可能超越杜外,很難據此「以偏概全」地推論就作品整體而言,他們果眞認爲李白佔有什麼優勢。值得注意的是,楊、仇關於李優於杜的批評都落在絕句上,這多少顯示他們對李白的絕句另眼相看﹝註8﹞——同時意味著,李優於杜的可能性宜在絕句體製上。對此,胡應麟在《詩藪》內編卷六更激進地說:「五、七言各極其工者太白;五、七言俱無所解者少陵。」(近體下・絕句)在他們看來,在絕句體製上李優於杜,似乎是一種共識。然而相較於明朝,清代類似仇氏的意見畢竟稀有。

省察以上「李優杜劣」判斷的批評資料,濫觴於歐陽修的說法在當代未見景從,而清代雖偶現附和者,但數量不過一二;事實顯示,這些批評多產生於明代。其次,就批評的內容而言,他們大致都從個別詩體(製),乃至作品整體的藝術效果、審美特徵來評定優劣(無論是否採「摘句式」批評),並以詩的構成基礎——語言(此

﹝註8﹞楊愼曾說:「品唐人之詩,樂府本效古體而意反近,絕句本自近體而意實遠;欲求風雅之仿佛者,莫如絕句。……少陵雖號大家,不能兼善。」(〈唐絕增奇序〉)此舉絕句以論優劣,或不爲無意。

採廣義，即文字是寫定的語言）的表現——爲重點。因此，有別於
前述「杜優李劣」判斷偏取「人格風格詮釋典範」爲評價原則，在
「李優杜劣」判斷中，它卻傾向根據「語言風格詮釋典範」來一較
短長。歸納這些「語言風格詮釋典範」領域內的批評，我們還能得
到下列論點：

　　一、李白作品風格的涵蓋面較廣（至少能涵蓋杜甫），杜詩的佳
處，不過是擷拾李白作品中的特定風格，集中地加以表現，使之更
深刻化而已。當然，作品風格的多寡和情感表現的深度，不是同一
個判斷，批評者很難據此比對、或衡量出二人的高下。因此，形成
「李優杜劣」判斷的一項途徑，即從李白作品多有依其才性，率然
成語（天才自放的體現）者——這樣的作品甚至讓他獲得「謫仙」
的讚譽；而標榜「改罷長吟」的杜甫，在這類創作的表現上，自是
有所不逮。

　　二、檢視李白「率然成語」的作品（如上述《唐詩品彙》所舉諸
例），其藝術效果，多藉由長短錯綜的句式，和通篇氣勢的營造來達
成。而這種創作型態，最適宜揮灑的空間，無疑在古體詩上。所以從
「李優杜劣」的批評看來，李白在五、七古和樂府詩體也獲得較高的
評價。

　　三、絕句體製誠如仇兆鰲所言，「語意淺短」是其大病。胡應麟
《詩藪》內編卷六解釋「五、七言絕句」說：「語半於近體，而意味
深長過之；節促於歌行，而詠歎悠永倍之。」（近體下・絕句）沈德
潛《說詩晬語》上卷云：「七言絕句以語近情遙，含吐不露爲主。只
眼前景、口頭語，而有弦外音、味外味，使人神遠，太白有焉。」據
是，則絕句最適當的藝術效用和審美標準，大抵在「語近情遙，言有
盡而意無窮」的表現上。從引文來看，不僅楊慎和胡應麟，連以註杜
聞名的仇兆鰲，都批評杜甫的絕句悖離了上述標準，有「語意淺短」
之病；因此，絕句造詣已臻化境的李白，自然優於杜甫。

　　經過本節的研究，我們發現「李杜論題」中「李優杜劣」判斷的

形成，主要來自於作品的解讀，它們以「語言風格詮釋典範」爲評價原則；而且這些批評多集中於明代。這種現象顯示，在「李杜論題」的範疇內，「文體」觀念於明代較宋、清兩代獲得更多的重視。根據顏崑陽先生的分析，一個完整的「文體」觀念，須從「體製」、「體要」、「體貌」的對應關係來建立。所謂「體製」，指的是格律、章句結構等語言形式概念；「體要」，指相應於一種文學體製，最適當的藝術效用和審美標準；而「體貌」，則是文學作品實現之後的整體印象。然後，由「體製」規定「體要」，由「體要」規定「體貌」，庶幾得之〔註9〕。再以上述絕句「體製」爲例，其「體要」爲「語近情遙」，但杜詩的「體貌」卻是「語意淺短」，所以批評者判定杜詩有傷「體要」，不及李白諸作。由此可見，前引循「語言風格詮釋典範」的批評（特別是明代），對完整的「文體」觀念大都有清楚的認知。以上，即是「李優杜劣」此系判斷的特色。

第四節 「並尊李杜」判斷及其代表性批評

　　蔡絛《西清詩話》說：「詩至李、杜古今盡廢，退之每敘《詩》、《書》以來作者，必曰李白、杜甫。……後東坡每述作，崇李、杜尊甚，獨未嘗優劣之論。」除了在宋代相對偏少，這種持中的觀點足可代表韓愈以降的批評者最主流的意見；它們在「李杜優劣論」的資料中占據了最大的比例。另外，不同於「杜優李劣」判斷中一面倒向「人格風格詮釋典範」的批評，且有別於「李優杜劣」判斷中將批評聚焦於「語言風格詮釋典範」的情況；「李杜並尊」判斷，由於資料最多、內容最龐雜，因此我們認爲，若能再循這些批評內

〔註 9〕參見顏崑陽：〈論文心雕龍「辯證性的文體觀念架構」〉，《文朝文學觀念叢論》（臺北：正中書局，1993 年 2 月臺初版），頁 94～187。雖然顏先生的解釋乃針對《文心雕龍》而發，但這項分析，對中國文學／文學批評的研究而言，具有一定的普遍意義。下文的用法皆同此。

在的關聯性分門別類，檢視彼此「典範」所屬，當有助於掌握其間涉及的各種文學思考。以下我們將從六個面向，轆列箇中的代表性說法進行討論。

一、通論之屬

（一）

> 李、杜二公，正不當優劣。太白有一二妙處，子美不能道；子美有一二妙處，太白不能作。子美不能爲太白之飄逸，太白不能爲子美之沉鬱。……論詩以李、杜爲準，挾天子以令諸侯也。（嚴羽《滄浪詩話·詩評》）

如前所述，大抵宋代的批評者，皆以「人格風格詮釋典範」爲評價原則，以儒家的道德思想來判定李、杜的優劣；但嚴羽可說是少數的例外。根據張健先生的研究，嚴羽的《滄浪詩話》有三種舉足輕重的現象：全書不談「言志」，而且論詩不重個性；全書幾未一談《詩經》，也不理會「比興」之意；是批評理論的「狹隘化」〔註10〕。不依恃「人格風格詮釋典範」，更由於批評的「狹隘化」，故嚴羽能專從語言藝術的觀點，一併欣賞李、杜的詩作。除了強調論題的典範意義外，在他看來，李、杜作品的「體貌」（此處用作「文體」，下同）分別爲「飄逸」和「沉鬱」；而且，二人不同的語言風格亦不能相兼。

（二）

> 李謫仙，詩中龍也，矯矯焉不受拘束。杜則麟遊靈囿，鳳鳴朝陽，自是人間瑞物。二豪所得，殆不可以優劣論也。（鄭景韋《難經》）〔註11〕

〔註10〕參見張健：《滄浪詩話研究》（臺北：五南圖書出版公司，1992年8月初版4刷），頁147～155。此處的「狹隘化」，指的是嚴羽的詩論秉持「純藝術觀點，不言志，不載道。」（同書，頁155）

〔註11〕鄭景韋的說法總結自鄭厚，原文作：「李謫仙，詩中龍也，矯矯焉不受約束。杜則麟遊靈，鳳鳴朝陽，自是人間瑞物。施諸工用，則力牛服箱，德驥駕輅，李亦不能爲也。參見鄭厚：《藝圃折中》，收入陶宗儀等編：《說郛三種》（上海：上海古籍出版社，1989年1月1版2刷），頁540。

(三)

> 韓退之推李、杜文章光焰萬丈：少陵之作頓剉沉鬱，高不
> 可攀，深不可測；謫仙之辭飄飄然遊戲璇霄丹臺，吹鸞笙
> 而食紫霞，絕去人間塵土思。此無他，精華發爲光耀，縱
> 橫交貫，不自知其所止。退之言當不誣。(宋濂〈詹學士同文
> 序〉，《宋學士文集》)

分析引文（二）、（三），他們對李、杜作品的「體貌」的整體印
象，大致不出嚴羽所舉「飄逸」和「沉鬱」的疇範。另外，他們雖也
肯定李、杜文章光焰萬丈，不可以優劣；同時，卻又隱含了一層可與
作品體貌參照的對比：亦即以「人間」（或可解釋爲「時代環境」）爲
感受對象，李白偏向於超脫，杜甫傾向於入世。

(四)

> 潘禎應昌嘗謂予詩宮聲也，予訝而問之，潘言其父受于鄉先
> 輩曰：「詩有五聲，全備者少，惟得宮聲者爲最優，蓋可以
> 兼眾聲也。李太白、杜子美之詩爲宮，韓退之之詩爲角，以
> 此例之，雖百家可知也。」予初欲求聲於詩，不過心口相語，
> 然不敢示人。聞潘言，始自信以爲昔人先得我心；天下之理，
> 出於自然者，固不約而同也。(李東陽《懷麓堂詩話》)

對於聲律的重視，可說是李東陽詩論的一項特色。他在《懷麓堂
詩話》嘗說：「詩在六經中，別是一教；蓋六藝中之樂也。樂始於詩，
終於律，人聲和則樂聲和。……後世詩與樂判而爲二，雖有格律，而
無音韻，是不過爲排偶之文而已。」基於這種聲音、格律不可偏廢的
觀點，引文（四）的批評可謂其來有自。不過此處關於「宮聲」的說
法稍嫌籠統，合理推測，或許與「正聲」意近，旨在強調李、杜的典
範地位；因爲，他也曾表示：「李太白〈遠別離〉、杜子美〈桃花杖〉，
皆極其操縱，曷嘗按古人聲調？」（同上）但二人的作品卻不失爲最
優（典範）。

(五)

> 嘗論李、杜，自開元、天寶之隆，迄於至德、大歷，親罹

兵火喪亂之世。太白流離轗軻，浪跡縱酒，遊覽行役，懷古之什爲多；然百憂萬憤，略見升沈之感。子美懷忠仗節，羈旅間關，奔詣行在，慷慨悲惋，一寓於詩。……李、杜大篇，寄意深婉。(朱大啓《李杜詩通·李杜詩通序》)

　　如同我們對引文（三）的詮釋，李、杜對應現世的態度各異其趨；因此，同樣面臨兵火喪亂，李白選擇浪跡縱酒，杜甫則堅持懷忠仗節。另外，根據朱大啓對二人當時作品的分析，李白多藉懷古詩作，抒發個人處境變遷下的心境；而杜甫則將滿腹的傷時悲懷，全數傾注到作品當中。故二人的創作取向亦有不同。

（六）

不讀全唐詩，不見盛唐之妙；不遍讀盛唐諸家，不見李、杜之妙。太白胸懷高曠，有置身雲漢、糠秕六合意，不屑屑爲體物之言，其言如風卷雲舒，無可蹤跡。子美思深力大，善于隨事體察，其言如水歸墟，靡坎不盈。兩公之才，非惟不能兼，實亦不可兼也。杜自稱「沉鬱頓挫」，謂李「飛揚跋扈」，二語最善形容。後復稱其「筆落驚風雨，詩成泣鬼神」，推許至矣。(賀裳〈李白〉，《載酒園詩話》又編卷一)

　　引文（六）的論點，在重申李、杜爲唐詩的典範之外，大抵是引文（一）～（三）意見的整合。賀裳一如前人，認爲李、杜作品體貌最大的差別，主要是對應時代環境的態度不同所致。他對這種現象的推測是，李白不屑爲之，乃因其超脫物外的性格使然；而杜甫則因思慮常繫其中，兼且學養足以驅駕這些題材，故作品多表現之。其次，他覺得李、杜作品體貌的最佳形容，應是杜甫所謂的「飛揚跋扈」和「沉鬱頓挫」。

（七）

太白詩以氣爲主，以自然爲宗，以俊逸高暢爲貴。子美詩以意爲主，以獨造爲宗，以奇拔沉雄爲貴。詠之使人飄揚欲仙者，太白也；使人慷慨激烈、歔欷欲絕者，子美也。(田同之《西圃說詩》)

對李、杜作品體貌的整體印象，田同之的看法與先前的引文雷同。不過他還提出二人「自然率成」（李）與「孤詣獨造」（杜）的對比；而且李白著重氣勢的營造（可參照前節「李優杜劣」的探討），杜甫著重情感的刻劃。另外，他歸結二人作品所能喚起的閱讀經驗是：李作讓人飄揚欲仙，杜詩令人慷慨欷歔——這樣的效果，當然還與二人作品的體貌相對應。

歸納我們對上述批評的分析，約有幾項要點：

李、杜作品展現的體貌，即使不是無所不包，也是最重要、最佳而且影響最大的兩種風格；猶如「宮聲」之為五聲的根柢，「正聲」之允為典範。論詩以二人為判準，則各家優劣，便能在參照之下知所定奪。

就二人作品整體的體貌而言，李白為「飄逸」，杜甫為「沉鬱」；或者如杜甫自許「沉鬱頓挫」，稱李白為「飛揚跋扈」。這兩種語言風格無法得兼，而李、杜是該款當中的最佳表現。

對應李、杜作品不同的體貌，李白能造成讀者「飄揚欲仙」的閱讀效果，杜甫能引觸讀者「欷歔慷慨」的閱讀感受。

就創作取向而言，杜甫通常出於人事的體察，然後苦心經營獨造的語彙和篇章；相較之下，李白往往對外物予以超脫的觀照，文字自然天成，並善於隨其性情所至營造氣勢。杜甫每有反映時局的憂憤之作，而處於同樣的情境，李白則多藉懷古的詩篇，來寄託個人的升沉之感。

二、連類之屬

此處所謂的「連類」，指的是批評者以李、杜為基準，然後根據自己主觀的閱讀印象，從各代求索語言風格與二人「神似」的作者和作品，並加以繫屬。

（一）

昔者詩人之詩，其來遙遙也。然唐云李、杜，宋言蘇、黃，

將四家之外，舉無其人乎？門固有伐，業固有承也。……
今夫四家者流，蘇似李，黃似杜；蘇、李之詩，子列子之
御風也，杜、黃之詩，靈均之乘桂舟、駕玉車也。無待者，
神於詩者歟？有待而未嘗有待者，聖於詩者歟？嗟乎！離
神與聖，蘇、李，蘇、李乎爾！杜、黃，杜、黃乎爾！合
神與聖，蘇、李不杜、黃，杜、黃不蘇、李乎？（楊萬里〈江
西宗派詩序〉，《誠齋集》卷79）〔註12〕

楊萬里在引文之首即申明其論點：「門固有伐，業固有承也。」
所以他將「蘇、李」、「杜、黃」連類成兩系。根據龔鵬程先生《江
西詩社宗派研究》一書的分析，在當時（以呂本中爲準）社會的思
考模式影響下，宗族結構、社會組織和正統三類觀念，左右了一般
文人的批評意識〔註13〕；因此，誠齋於文章開頭的說法其來有自。
這個部分，似乎與我們對「連類」的界定不太一致──因其較爲嚴
謹。但接下來，誠齋即用連類的方式，將「李白／蘇軾／列子」與
「杜甫／黃庭堅／屈原」分別加以繫屬；前者爲「無待（神）」，後
者爲「有待而未嘗有待（聖）」。據文意研判，「無待」應指擺脫（詩
的）語言既有的使用習慣來創作──卻更豐富了詩的表現效力；「有
待而未嘗有待」應是依照（詩的）語言構組的常規進行創作，卻能
不受羈束，翻出另一層氣象。猶有進者，誠齋認爲這兩款語言風格
雖然有別，但二人都將詩的語言藝術發揮到盡善盡美；至此，可謂
殊途同歸。

〔註12〕因視爲間接的、輔助判斷的資料，我們刪節部分引文移置於此，內容
爲：「雖然，四家者流，一其形，二其味；二其味，一其法者也。盍
嘗觀夫列禦寇、楚靈均之所以行天下者乎？行地以輿，行波以舟，
古也。而子列子獨御風而行，十有五日而後反，彼其於舟車，且烏
乎待哉！然則舟車可廢乎？靈均則不然，飲蘭之露，餐菊之英，去
食乎哉！芙蓉其裳，寶璐其佩，去飾乎哉！乘吾桂舟，駕吾玉車，
去器乎哉！然朝閬風，夕不周，出入乎宇宙之間，忽然耳，蓋有待
乎舟車，而未始有待乎舟車也。」

〔註13〕參見龔鵬程：《江西詩社宗派研究》（臺北：文史哲出版社，1983年10
月初版），頁214～234。

（二）

> 詩自《三百篇》以來，極于李、杜。其後纖靡淫艷，怪誕
> 癖澀，寖以弛弱，遂失其正。二百餘年而至蘇、黃，振起
> 衰踏，益爲瑰奇，復於李、杜。（郝經〈遺山先生墓志銘〉，《陵
> 川集》卷三五）

郝經在文中秉持前代正統觀念的餘緒，在連類「李白／蘇軾」與
「杜甫／黃庭堅」之外，更將兩系上溯《詩經》。此舉目的概如其謂：
「俾學者歸仰，識斯文之正，而傳其命脈，繫而不絕。」（〈遺山先生
墓志銘〉，同上）

（三）

> 楊誠齋云：「李太白之詩，列子之御風也；少陵之詩，靈
> 均之乘桂舟、駕玉車也。無待者，神於詩者與？有待而未
> 嘗有待者，聖於詩者與？宋則東坡似李白，山谷似少陵。」
> 徐仲車云：「太白之詩，神鷹瞥漢；少陵之詩，駿馬絕塵。」
> 二公之評，意同而語亦相近。余謂：太白詩，仙翁劍客之
> 語；少陵詩，雅士騷人之詞。比之文，太白則《史記》，
> 少陵則《漢書》也。（楊慎〈評李杜〉，《升庵詩話》卷十一）

楊慎除了重提前人對李、杜、蘇、黃四家的繫屬，在這項基礎
上，他更將其連類成「李白／蘇軾／史記」與「杜甫／黃庭堅／漢
書」兩系。楊氏對杜詩屢有微詞（可參「李優杜劣」），此處將杜甫
比作《漢書》或許不爲無意〔註14〕；然則舉《史》、《漢》相比，也
表示在他看來，李、杜的典範地位當可與之相提並論。

（四）

> 余偶論唐宋大家七言歌行，譬之宗門，李、杜如來禪，蘇
> 黃祖師禪也。……七言歌行，杜子美似《史記》，李太白、
> 蘇子瞻似《莊子》，黃魯直似《維摩詰經》。（王士禛《帶經堂
> 詩話‧綜論門‧品藻類》卷一）

〔註14〕楊慎這項類比，讓張健先生忍不住爲杜甫平反，説：「太白與《史記》
　　　相埒，少陵自有超越《漢書》處，尤在其創造性。」參見氏著：《明
　　　清文學批評》（臺北：國家出版社，1983年1月初版），頁43。

　　王士禛在《帶經堂詩話》中嘗云：「嚴滄浪以禪喻詩，余深契其說。」
（卷三，懸解門，微喻類）從引文（四）的譬喻，可見他所言不虛。
此處在肯定李、杜、蘇、黃四家連類的適當性後，他的繫屬結果是「李
白／蘇軾／莊子」、「杜甫／史記」和「黃庭堅／維摩詰經」。黃景進先
生《王漁洋詩論之研究》說：「漁洋之欣賞山谷還是因其詩有接近神韻
者，……謂（案，指山谷詩）可語禪，他甚至認為山谷與王維詩風格
相似。」〔註15〕這應該可以解釋王士禛將黃庭堅另行連類的原因。

（五）

> 杜工部之於庾開府，李供奉之於謝宣城，可云神似。至謝、
> 庾各有獨到處，李、杜亦不能兼也。李青蓮之詩，佳處在不
> 著紙；杜浣花之詩，佳處在力透紙背。(洪亮吉《北江詩話》卷二)

　　洪亮吉關於李、杜佳處不同的論點，應是對二人作品相異的體貌
表示尊崇的另一種說法。而在洪氏「神似」的閱讀印象下，他將「李
白／謝朓」和「杜甫／庾信」連類成兩系。

（六）

> 「奇外無奇更有奇，一波纔動萬波隨。只知詩到蘇黃盡，
> 滄海橫流卻是誰。」此元遺山論詩句也。遺山以蘇、黃稍
> 直少曲折，故不及李、杜，故曰「滄海橫流卻是誰」。李、
> 杜詩汪洋澎湃而沈鬱頓挫，赴題曲折，故如滄海橫流，蘇、
> 黃之不及李、杜者以此……。(林昌彝《射鷹樓詩話》卷十八)

　　與引文（四）並觀，除開連類的思考，林、王二氏還認為蘇、黃
不及李、杜。究其原因，主要是當蘇、黃在表現澎湃的情感時，作品
的體貌過於直露，不如李、杜饒富曲折之致。

　　我們可將前引批評的要點歸納如下：

　　1. 在肯定「李、杜作品是《三百篇》以來，詩藝的最高成就」
此一前提下，批評者以二人為基準，根據自己預設的觀點，上下各代，
求索風格「神似」李、杜的作者和作品，將其連類成「李白／蘇軾／

〔註15〕參見黃景進：《王漁洋詩論之研究》（臺北：文史哲出版社，1980 年 6
　　　月初版），頁 187～188。

史記／莊子／謝朓」與「杜甫／黃庭堅／漢書／史記／庾信」（以上權刪不成對者）兩個體系。以語言風格「神似」李、杜爲判準，據此連類歷代的作者和作品，雖不免流於批評者主觀的心證——例如《史記》既可似李又可似杜；另外，被指爲神似庾信的杜甫，卻曾以「清新庾開府」形容李白，而非自況。然則，其中「蘇、黃」似乎是一組獲得共識的，用來與「李、杜」對照的最佳範例。

2. 這種語言風格上的「神似」，尚可細步表現爲「李、蘇：無待（似列子），神於詩」和「杜、黃：有待而未嘗有待（似屈原），聖於詩」兩種。我們對此的解釋是：在詩藝上，李、蘇雖然擺脫語言既有的使用習慣進行創作，卻反倒豐富了語言的表現效力；而杜、黃縱使依循語言構成的常規來創作，也能不受其羈束，甚至更超越之，翻出另一層氣象。他們同樣給予讀者嶄新的閱讀經驗。

3. 蘇、黃雖然神似李、杜，終究不及；猶如「祖師禪」與「如來禪」的差別〔註16〕。主要原因是蘇、黃在表達汪洋澎湃的情感時，筆法太過直露，少有曲折、迴環的蘊致；當然，也就缺乏「奇外有奇，層遞不絕」的藝術效果，乃至與「沈鬱頓挫」的體貌相去更遠。

三、源流之屬

在「連類之屬」中，我們已就文體「神似」的觀點，以李、杜下繫蘇、黃成兩個風格體系。以下，我們且上溯李、杜作品的文體淵源，續作論述。

（一）

李太白終始學《選》詩，所以好；杜子美詩好者亦多是做

〔註16〕根據丁福保《佛學大辭典》的解釋，「祖師禪」乃「不立文字，祖祖本傳之禪也。對《楞伽經》所說之『如來禪』而立此稱。即以『如來禪』爲教內未了之禪，以『祖師禪』爲教外別傳，至極之禪也。」參見氏編：《佛學大辭典》（臺北：天華出版公司，1984年8月7刷），頁1088、1817。兩者實爲「經教中的禪法」與「禪宗裡的禪法」的不同。但此處王士禎似乎仍以「如來禪」（李、杜）爲高。

《選》詩，漸放手，夔州諸詩則不然也。(朱熹〈論文下〉,《朱子語類》卷一四○)

對於朱熹這段文字及其詩論，羅根澤先生《中國文學批評史》以「提倡摹擬」與「遵守舊格」來詮釋〔註17〕；張健先生《中國文學批評》則認爲朱子的意思是：「要學《選》詩，李、杜不過是較近較易入手的兩個範本而已！……但說它（案，指《選》詩）是唐人詩的淵藪，總是無可非議的。」〔註18〕。故朱子教人學李、杜詩，最終還須以《選詩》爲歸宿。

（二）

1. 郭璞：構思險怪而造語精圓，三謝皆出於此。杜、李精奇處皆取此。(陳繹曾《詩譜》)

2. 謝靈運：以險爲主，以自然爲工。李、杜取（案，取字疑衍）深處多取此。(同上)

3. 鮑照：六朝文氣衰緩，唯劉越石、鮑明遠有西漢氣骨。李、杜筋取此。(同上)

引文中陳繹曾說李、杜精奇處源自郭璞，深處源自謝靈運，筋取自劉琨、鮑照；但若根據論詩體源流的代表作——鍾嶸《詩品》的說法，郭璞取法潘岳，謝靈運取法張協（源出王粲），劉琨源出王粲，而潘岳也同樣源出王粲；這麼一來，李、杜的精奇處、深處與筋，何妨皆謂從王粲處得之？雖然，批評者對李、杜作品體貌及其源流的繫屬，每因個人主觀的印象而有不同；但這也提供了我們理解李、杜詩的整體風格形成的線索。例如，我們可藉此思考，李、杜作品的精奇、深處和筋，既然取法自幾乎相同的對象，何以體貌竟走向「飄逸」和「沉鬱」的異趣。

（三）

〔註17〕參見羅根澤：《中國文學批評史》（臺北：學海出版社，1990年2月再版），頁801～804。

〔註18〕參見張健：《中國文學批評》（臺北：五南圖書出版公司，1992年8月2版1刷），頁181。

> 詩于唐，贏五百家，獨李、杜氏崒然爲之冠。……嘗竊論
> 杜，由學而至精義入神，故賦多于比、興，以追二《雅》；
> 李由才而入，妙悟天出，故比、興多於賦，以繼《國風》。
>
> （張以寧〈釣魚軒詩集序〉，《翠屏集》卷三）

（四）

> 少陵苦於摹情，工於體物，得之古賦居多；太白長於感興，
> 遠於寄衷，本於十五《國風》爲近。（陸時雍《詩鏡總論》）

引文（三），張以寧在肯定李、杜之於唐代詩人的典範地位後，將二人作品的體貌分別上溯《國風》及大、小《雅》。按照他的分析，李、杜個別的創作方式，前者出於天才，後者憑藉學養；李白偏重「比」、「興」，杜甫多採「賦」法（下文將有詳細解説）。引文（四）陸時雍在考察李、杜作品的體貌後，對二人創作手法的研判，與張以寧相近；惟其將杜詩的源流指向古賦。

（五）

> 開元大曆杜子美出，上薄《風》、《雅》，下掩漢魏，所謂集
> 大成者；而李太白又宗《風》、《騷》而友建安，與杜相頡
> 頏。（王禕〈練伯上詩序〉）

（六）

> 李詩本《風》、本《騷》，杜詩本《雅》、本《頌》，皆與史
> 事相表裡，故能涵蓋一切。（徐熊飛《修竹廬談詩問答》）

引文（五）、（六）除了一致申明李、杜的典範意義之外，對二人文體源流的繫屬也相去不遠；他們的意見是：李白本《風》、《騷》，杜甫宗《風》、《雅》、《頌》；另外，二人也對前代名家有所取資。

由於李、杜的作品示現了深具影響力的體貌，且有一定的涵蓋廣度；因此，無論就「類似」抑或「淵源」的觀點，後世的批評者總能從個人的閱讀經驗中，找到相應的線索。然則，正如之前所言，這種批評通常無法擯除過度主觀、自由心證的疑慮；例如引文（二），陳繹曾的觀點即與鍾嶸相扞格。當然，這種批評在個別操作的情況下，不免產生彼此意見的分歧甚至矛盾——這時較具權威的批評者往往

取得優勢——；但是，除了相信權威之外，我們認爲集中對比這些批評（如以上示範），可以藉由共識的凝聚，而在某種程度上解決主觀泛濫的問題。至少在我們的對比之下，雖有朱熹獨具支眼，視李、杜作品的佳處皆源自《選》詩〔註19〕；然而，卻有更多的批評者所見略同，他們呈顯了一項初具共識的觀點：

在源流上，大抵李詩本《風》、《騷》，杜詩本《雅》、《頌》。〔註20〕與源流相應的創作手法，李詩「比」、「興」多於「賦」，杜詩「賦」多於「比」、「興」。

我們認爲，說李白作品源出於《騷》大概沒什麼問題，如曾季貍《艇齋詩話》即謂：「古今詩人有離騷體者，惟太白一人，雖老杜亦無似騷者。」說杜甫作品源本《雅》、《頌》也少見爭議；雖然，偶有批評者點出杜詩與《風》當具傳承關係，但畢竟不如指向李白詩者爲多。

進一步展開研究，就創作方法而言，徐復觀先生對「賦」的界義是：「就直接與感情有關的事物加以舖陳。」〔註21〕徐先生並認爲，由「賦」描寫出來的「情像」，不但是直接的情像，通常也是詩的主題。而關於「比」、「興」，在「觸物（境）起情」的基礎上，顏崑陽先生另有一項清晰的解釋：「『比』之所以成立，是依照事物間客觀的

〔註19〕其實所謂《選》詩，即《文選》所選之詩，它的取材上溯漢、魏，下迄齊、梁，其中多爲西晉以前的作品。說李、杜詩作取法於《詩》詩，原是順理成章的事；但若像朱子那樣，獨斷地認爲它們是李、杜詩佳處的唯一源頭，恐怕與事實有段差距。

〔註20〕雖然，葛立方對此曾表達了相反的觀點說：「李太白、杜子美詩皆掣鯨手也。余觀太白〈古風〉、子美〈偶題〉之篇，然後知二子之源流遠矣。李云：『《大雅》久不作，吾衰竟誰陳！王風委蔓草，戰國多荊榛。』則知李之所得在《雅》。杜云：『文章千古事，得失寸心知。騷人嗟不見，漢選盛于斯。』則知杜之所得《騷》。」（《韻語陽秋》卷第三）但因其批評方式流於牽附文句，尤其是過於以偏概全，故不取。

〔註21〕參見徐復觀：《中國文學論集》（臺北：臺灣學生書局，1990年3月5版2刷），頁103。

『形態或質性相似』；而『興』之所以成立，是依照事物間主觀的『情意經驗類似』。」〔註22〕準此，我們可將李、杜從其詩學源流處承繼的創作方法，簡要說明爲：李白作品多藉客觀事物、或主觀情境相似的觸發，進而以情感所向的對象爲喻，化成文字；杜甫則多就與感情有直接關連的事物加以鋪陳。

四、人格之屬

（一）

> 觀李、杜二公，崎嶇板蕩之際，語語王霸，褒貶得失，忠孝之心驚動千古，《騷》、《雅》之妙雙振當時；兼眾善於無今，集大成於往作。歷世之下想見風塵，惜乎長轡未騁，奇才並屈，竹帛少色，徒列空言，嗚呼哀哉！昔謂杜之典重，李之飄逸，神聖之際二公造焉。觀於海者難爲水，遊李、杜之門者難爲詩，斯言信哉！（辛文房〈杜甫傳〉）

引文（一）是條頗具涵蓋性的批評。除了表示對李、杜做爲詩學典範推重，辛文房還從：體貌：李爲「飄逸」，杜爲「典重」——雖然與「沉鬱」的意蘊不盡相同，但屬性接近；源流（或體貌上的相似）：李爲《騷》，杜爲《雅》。這些意見與我們之前的歸納雷同。然則，以同樣的亂世爲背景，這裡對李、杜行爲的解釋，卻與他處（如「杜優李劣」引文〔六〕及本節「通論之屬」引文〔五〕）有顯著差異；亦即，辛文房認爲李、杜具有同等的忠孝之心（而非杜甫獨具）。另外，他對二人徒以文章名世、未能實踐政治抱負的境況，也大表遺憾。

（二）

> 杜甫、李白又各以其學自見，明王道，具時政，謂之「詩史」。（劉昌《高太史大全集》卷首）

根據龔鵬程先生《詩史本色與妙悟》的分析，「詩史」概指：「以敘事的藝術手法，紀錄事件，而又能透顯歷史的意義和批評的一種尊

〔註22〕參見顏崑陽：〈文心雕龍「比興」觀念析論〉，《魏晉南北朝文學論集》（臺北：文史哲出版社，1994），頁385。

稱。」〔註23〕在這個使用意義下，自宋代以降，「詩史」之名幾乎和杜甫劃上等號，而不及李白。由此可見，要在人格上並尊二人，批評者或可放寬「杜甫謂之『詩史』」這項習慣上的美稱，將李白作品納編其中。

（三）

> 有憫黎元、希稷契之志，而後可以爲少陵之詩；有藐王公、輕富貴之志，而後可以爲太白之詩。是二公者，豈立意欲爲如是之詩哉？負不世之略，而溫溫無所試，乃舉其平生所蘊蓄者歌而詠之，故其詩赫然爲有唐冠。（王贈芳〈誦芬堂詩鈔二集序〉，《慎其餘齋文集》卷三）

王贈芳這條批評，顯然是從「作者的道德精神生命，必藉由語言展現其整體人格風貌」（「人格風格」）此一前提立論。他甚至認爲，李、杜的詩作不過是二人高遠的政治理想無法實現，不得已而訴諸文字的結果。對引文提及的二人的政治理想，羅宗強先生《李杜論略》有一項明白的解釋：「李白的政治態度和政治立場的積極面在於，他對最高統治集團的腐敗持鮮明的批判態度。杜甫政治立場與政治態度的積極面在於，他的憂國憂民。」〔註24〕其說雖不免流露他的階級批評意識，但不妨備爲一說。

（四）

> 太白本是仙靈降生，其視成仙得道，如其性所自有，然未嘗不以立功爲不朽。……其意總欲先有所樹立於時，然後拂衣還山，登真度世。此與少陵之一飯不忘何異？以此齊名萬古，良非無因。（梁章鉅《退庵隨筆·學詩二》）

（五）

> 1. 太白與少陵同一志在經世，而太白詩中多出世語者，有爲言之也。屈子〈遠遊〉曰：「悲時俗之迫阨兮，願輕舉

〔註23〕相關研究參見龔鵬程：《詩史本色與妙悟》（臺北：臺灣學生書局，1993年2月增訂版1刷），頁19～91；引文見頁24～25。

〔註24〕參見羅宗強：《李杜論略》（呼和浩特：內蒙古人民出版社，1982年12月2刷），頁63。

而遠遊。」使疑太白誠欲出世，亦將疑屈子誠欲輕舉耶？
（劉熙載《藝概・詩概》）

2. 太白云：「日爲蒼生憂」，即少陵「窮年憂黎元」之志也；
「天地至廣大，何惜遂物情」，即少陵「盤飧老夫食，分
減及溪魚」之志也。（同上）

引文（四）、（五）齊聲強調李、杜同具經世立功之志。在梁章鉅
和劉熙載看來，李白詩中雖然多言出世之語，實則絕非意在於斯；而
是欲在當代建立功業，然後拂衣歸隱，功成弗居。他們認爲，李白這
種情操與杜甫的憂國憂民相當，是以二人齊名理所當然。

歸納以人格品鑒的觀點來並尊李、杜的批評，其要點如下：

1. 李、杜齊名的主要原因，是兩人志向同在經世，具備同等的
忠孝之心。李白作品所以多涉出世之語，無非欲在當代樹立功業，然
後退隱弗居，故與二人一貫的心志全無扞格。

2. 由於李、杜無法實現個人的政治理想，所以轉將心力投注於
創作；更因爲李、杜俱懷淑世之心，而在批評者眼中，詩又往往是作
者道德人格的反映，故兩人的作品均獲得不世出的成就。其次，就作
品來看，李白表露他不願屈從富貴權勢的傲岸心志，杜甫則顯示其憂
國憂民的悲憫襟懷。

3. 李、杜作品雖不免被視爲「空言」（未能在政治上施展抱負）；
但卻能補察時政、宣揚王道，發揮「詩史」的效用。

猶有進者，「詩史」這項價值觀念，在中國文學批評史上（特別
是宋代以降）大抵與杜詩密切結合，鮮少加諸李白；顯然，在人格上
並尊李、杜的情況下，是可以通融的。

五、文體之屬

先行說明，此處所謂的「文體」，乃由「體製」、「體要」和「體
貌」三個觀念所組成。

（一）

七言古詩要鋪敘，要開合，要風度，要迢遞險怪，雄峻鏗

> 鏘,忌庸俗軟腐;須是波瀾開合,如江海之波,一波未平,
> 一波復起。又如兵家之陣,方以爲正,又復爲奇;方以爲
> 奇,忽復是正,奇正出入,變化不可紀極。備此法者,惟
> 李、杜也。(范德機《詩評》)

對於七言古詩這種「體製」,根據范德機的批評,其「體要」大致可從氣勢和聲調兩方面來分析。范氏以「江海波瀾」及「兵法奇正」爲例,論述七古需講究通篇氣勢的開合、變化,寧可語涉險怪,切忌庸俗軟腐;至於音韻的安排,則宜有鏗鏘之聲(對氣勢的增長也有俾益)。在他看來,只有李、杜作品展現的「體貌」符合這些要求。

(二)

> 樂府長短句初無定數,最難調疊;然亦有自然之聲。古所
> 謂聲依永者,謂有長短之節,非徒永也;故隨其長短,皆
> 可以播之律呂,而其太長太短之無節者,則不足以爲樂。
> 今泥古詩之成聲,平側(仄)短長,句句字字摹倣而不敢
> 失,非惟格調有限,亦無以發人之情性。若往復諷詠,久
> 而自有所得,得之於心而發之乎聲,則雖千變萬化,如珠
> 之走盤,自不越乎法度之外矣。如李太白〈遠別離〉、杜子
> 美〈桃竹杖〉皆極其操縱,曷嘗按古人聲調,而和順委曲
> 乃如此。(李東陽《懷麓堂詩話》)

取本節「通論之屬」引文(四)對觀,如前所述,李東陽的詩論相當重視聲律;而這裡的主張,又與他本身致力於擬古樂府的創作有關。引文(二),李氏首先提及樂府詩體製上與音樂緊密結合的傳統。他認爲,古樂府詩長短錯的句式,完全符合天然的節奏,且中於音律;然則,後代的創作者往往泥古成聲,自拘格律,反倒斲喪了古樂府詩動人的韻致。因此,他建議學者無須對既成的聲調亦步亦趨,不妨藉由長期的涵泳,在古人佳作的基礎上尋求創造的可能性——聲調格律或稍異於古人,卻能不違悖詩歌體要的判準。最後,東陽舉李白〈遠別離〉和杜甫〈桃竹杖〉爲最佳範例,證明他所言不虛。

（三）

> 五言律、七言歌行，子美神矣，七言律聖矣；五、七言絕，
> 太白神矣，七言歌行聖矣，五言次之。（王世貞《藝苑巵言》
> 卷四）

王世貞論詩，在體製和體要相應的要求上，對李、杜各體（製）作品俱有優劣（劣處詳下節）。前文「通論之屬」引文（七）田同之的批評，或即出自《藝苑巵言》。是則，王氏對李、杜作品體貌的認知，仍不出「飄逸」、「沉鬱」二端；對李、杜詩所能引發的閱讀經驗，猶是「飄揚欲仙」和「歔欷慷慨」兩款──雖然，上述評語乃針對二人的五言古《選》體及七言歌行而發，卻具有一定的普遍意義。另外，就王氏詩論整體的脈胳來看，此處所謂的神與聖，未必真有等差之意；至少根據引文，李白的五、七言絕，杜甫的五、七言律，以及二人的七言歌行，都獲得王世貞極高的評價。

（四）

> 子美五言絕句皆平韻，律體景多而情少。太白五言絕句平
> 韻，律體兼仄韻，古體景少而情多。二公各盡其妙。（謝榛
> 《四溟詩話》卷二）

引文（四）中，謝榛分別從五絕、律詩和古詩等體製，析論李、杜作品體貌上的特色。他認為，無論二人如何安排作品中情、景相襯的比例，均取得各詩體（製）間最佳的表現。

（五）

> 1. 唐人才超一代者李也，體兼一代者杜也。……李惟超出
>   一代，故高華莫並，色相難求；杜惟兼總一代，故利鈍
>   雜陳，巨細咸蓄。……超出唐人而不離唐人者，李也；
>   不盡唐調而兼得唐調者，杜也。（胡應麟《詩藪》內編卷四）
>
> 2. 太白五言沿洄魏、晉，樂府出入齊、梁，近體周旋開、
>   寶，獨絕句超然自得，冠古絕今。子美五言〈北征〉、〈述
>   懷〉，樂府〈新婚〉、〈垂老〉等作，雖格本前朝，而調出
>   己創；五、七言律廣大悉備，上自垂拱下逮元、和，宋

之蒼，元人之綺，靡不兼總。故古體則脫棄陳規，近體
則兼該眾善，此杜所獨長也。(同上)

3. 太白筆力變化極於歌行，少陵筆力變化極於近體；李變
化在調與詞，杜變化在意與格。歌行無常鰢，易於錯綜；
近體有定規，難於伸縮。調詞超逸，驟如駭耳，索之易
窮；意格精深，始若無奇，繹之難盡。此其稍不同者也。
(同上)

4. 太白〈蜀道難〉、〈遠別離〉、〈天姥吟〉、〈堯祠歌〉等，
無首無尾，變幻錯綜，窈冥昏默；非其才力學之，力見
顛踣。少陵〈公孫大娘〉、〈渼陂行〉、〈丹青引〉、〈麗人
行〉等，雖極沈深橫絕，格律尚有可尋。(同上卷三)
李、杜才氣格調，古體、歌行大概相垺。李偏工獨至者
絕句，杜窮變極化者律詩。(同上卷四)

5. 杜陵、太白七言律、絕，獨步詞場。然杜陵律多險拗，
太白絕間率露，大家故宜有此。(同上卷六)

6. 杜之律，李之絕，皆天授神詣。(同上)

結合引文（五）的第 1. 2. 條批評，胡應麟對李、杜作品體貌的綜合
印象，可從兩點進行說明：

（1）李白「才超一代」：特別是絕句體製，冠古絕今；杜甫「體
（貌）兼一代」尤其是近體（律詩是唐代才發展成熟的詩歌體製）創
作，兼具各種出眾的語言風格。

（2）李白的古體詩承襲古風，體貌與前人佳作相頡頏；杜甫的
古體則格本前朝、調出己創（開「新題樂府」之風），近（律）體的
體貌又廣大悉備，乃至影響後世的創作路線。

其次，胡應麟對李、杜各個詩體（製）創作成就的評比，還可整
理如下：

（1）李白的絕句，杜甫的律詩，都是該體製最佳的藝術成品。
雖然，李白絕句語間率露，杜甫詩多涉險拗；但這不妨視為兩人的
特色。

（2）李、杜的古體、歌行的創作成就大致相當。從倣效其體貌的難易度來看，李白〈蜀道難〉等篇，筆力變化無方，才分不足者學之，則滯礙難行；而杜甫〈觀公孫大娘弟子舞劍器行〉等篇，縱使情感表現得沉鬱雄深，尚有格律可供依循。

另外，胡應麟所謂李、杜筆力變化各極於歌行、近體，似與上述「李絕杜律論」的觀點略顯矛盾；實則前一種說法，應是在強調二人復古、開新不同作為下的權宜性論點。而藉由李、杜作品體貌的對比分析——雖然此處以古、近體對比不見得適當——胡氏認為二人筆力變化的關鍵分別在於：李白以錯綜的聲調和超逸的詞語，來營構氣勢非凡的風格；杜甫則在形式技巧間展現精深的思想，創造個人的藝術性相。

（六）

1. 擬古樂府，至太白幾無憾，以為第一手矣。誰知又有杜少陵出來，嫌模擬古題為贅膩，別製新題，詠見事以合風人刺美時政之義，盡跳出前人圈子，另換一番鉗鎚，覺在古題中翻弄者仍落古人窠臼，未為好手。(胡震亨《唐音癸籤》卷九)

2. （太白）詩宗《風》、《騷》，薄聲律，開口成文，揮翰霧散，似天仙之辭。而樂府詩連類引義，尤多諷興，為近古所未有。迄今稱詩者，推白與少陵為唐兩大家，曰李、杜莫能軒輊云。(同上《李詩通》卷一)

樂府詩的體要，根據蕭滌非先生《漢魏六朝樂府文學史》的分析，其文字以「表現時代，批評時代」為天職〔註25〕。在胡震亨看來，李、杜的樂府詩作皆表現出「多所諷興」的體貌，完全符合體要的規定，所以李、杜莫能軒輊。然而兩人不同的是，李白的作品多模擬古題，

〔註25〕蕭滌非先生對「樂府」的界說與此相仿，謂：「樂府之立，本為一有作用之機關，其所採取之文字，本為一有作用之文字，原以表現時代，批評時代為其天職。」參見氏著：《漢魏六朝樂府文學史》（北京：人民文學出版社，1998 年 6 月 1 刷），頁 10。

按古聲調；杜甫則自製新題，即事名篇，嘗試更具體地實踐風人刺美時政之義。

（七）

    1. 五言古、七言歌行，太白語雖自然而風格自高，子美語雖獨造而天機自融：……太白語多豪放，子美語多沈著。……五言古，太白如天馬長驅，奮迅無前；子美如鑾輿出警，步驟安重。……七言歌行，太白如峨眉劍閣，奇幻不窮；子美如大海重淵，涵蓄無量。……太白五言古、七言歌行，多出於漢、魏、六朝，但化而無跡耳。若子美五言古，雖亦源於古《選》，而以獨造為宗，歌行又與漢、魏、六朝迥別。(許學夷《詩源辯體》卷 18，第 15、17、20、21、33 則)

    2. 五、七言樂府，太白雖用古題，而自出機軸，故能超越諸子；至子美則自立新題，自創己格，自敘時事，視諸家紛紛範古者，不能無厭。(同上卷 19，第 1 則)

    許學夷的詩論與胡應麟頗為相近。引文（七）中，許氏對李、杜古體作品體貌的況述，大抵不出「飄逸」及「沉鬱」的整體印象；另外，對李、杜在古體創作上「復古」與「獨造」的不同進路，以及對二人樂府詩「模擬古題」與「即事名篇」的差別，其認知也跟引文（五）胡應麟、（六）胡震亨的觀點雷同。

（八）

    盛唐工七言古調者，多張皇氣勢，陂頓始終，綜覈乎古今，博大其文辭，則李、杜尚矣。(高棅《唐詩品彙》)

（九）

    盛唐七古，高者莫過於李、杜兩家。然太白妙處在舉重若輕，子美妙處在潛氣內轉，此兩家不傳之秘。(林昌彝《射鷹樓詩話》)

    引文（八）、（九）批評者一致認為，李、杜在七言古詩體要的規定下，展現了堪稱典範（特出於盛唐詩家）的體貌。而林昌彝所謂兩家的「不傳之秘」，我們不妨理解成，對二人「飄逸」和「沉鬱」的

語言風格「難以摹習」的另一種讚歎。

對比上述批評資料後，我們整理出以下要點：

1. 李白集復古之大成，杜甫開革新之局面

李白曾在〈古風〉中喟歎兼且明志云：「《大雅》久不作，吾衰竟誰陳？」（其一）又說：「《大雅》思文王，《頌》聲久崩淪。」（其三十五）後世的批評者說他在精神上「志存復古」（劉熙載《藝概·詩概》）自有根據；而這種祈嚮更澈底實踐在他的作品中。如元吳澄〈詩府驪珠序〉即證實說：「《頌》、《雅》、《風》、《騷》尚矣，漢、魏、晉五言訖于陶，其適也。……至唐陳子昂而中興，李、韋、柳因而因，杜、韓因而革。」（《吳文正公集》卷九）另外，揭傒斯《詩法正宗》雖然肯定杜甫集其大成，卻認爲李白才是上承「詩之祖」（《三百篇》至建安、黃初）、「詩之宗」（劉楨、阮籍、鮑照、謝靈運、陶潛等）的嫡派；高棅《唐詩品彙》以李、杜分屬「正宗」、「大家」，隱含其正、變之判；猶有甚者，陳廷焯乾脆說：「太白詩謹守古人繩墨，亦步亦趨不敢相背；至杜陵乃眞與古人爲敵，而變化不可測矣。」（《白雨齋詞話》卷七）藉著這些批評資料，我們同時發現，在李、杜並置的情況下指證李白復古，杜甫革新的作爲即被提出與之對應，各示起承。

2. 李、杜「文體」的比較

引文提及的各種詩歌的「體要」，李、杜運用各式「體製」展現的不同「體貌」及其代表作品，尚可依序說明如下。

（1）古 體

五言古詩

吳訥《文章辨體序說》在論及李、杜之前曾作概述云：「五言古詩，載于昭明《文選》者，唯漢、魏爲盛。若蘇、李之天成，曹、劉之自得，固爲一時之冠。」（〈古詩·五言〉）如果《文選》所收的五言古詩是該體製的經典作品，那麼，說李、杜藉由學《選》詩而獲益（如朱子和許學夷等所言），似乎是順理成章，甚至是不勞辭費的事。大抵五言古詩的體要，貴在用語自然、簡要，不尚雕琢，不拘泥聲韻，

不宜過度模擬；並慣以悠遊不迫的意態抒發個人心志，來達到雄渾的藝術效果。在作品體貌上，李白因其稟性使然，表現爲豪放不羈、變幻不測，作品放諸古人間亦參差近矣；而杜甫由於學養豐贍，語多蘊積、沈著，雖也取法於前人諸作，卻自有創發，另開生面。李白以〈古風〉最被稱譽，杜甫的特色則可從〈北征〉、〈述懷〉等篇章得見。

七言古詩／樂府歌行〔註26〕：

七言古詩的體要貴乎張皇氣勢，博大文辭，音韻鏗鏘而格調蒼古；不避險怪，不宜鏤刻巧飾而過於纖麗，不務呼喊歔欷反流於萎弱。王世貞《藝苑卮言》嘗說：「七言歌行，靡非樂府，然至唐始暢。」（卷一）這裡王氏要強調的不過是歌行在「聲」（原可播之律呂以詠唱）上的特色。後世樂府詩體（製）雖從「有聲有辭」轉變爲「有辭無聲」，然其長短錯綜、富於變化的句式仍沿襲舊製，與古詩自有差異。是以吳訥《文章辨體序說》云：「歌行則放情長言，古詩則循守法度。」（〈古詩・七言〉）徐師曾《文體明辨序說》也說：「樂府歌行，貴抑揚頓挫；古詩則優柔和平，循守法度。」（〈七言古詩〉）但無論是古詩抑或樂府，終究「唐世詩人，共推李、杜。」〔註27〕這幾乎是歷代批評者的共識。

另外，元稹曾闡述樂府詩的特質云：「自《風》、《雅》至於樂流，莫非諷興當時之事，以貽後代之人，沿襲古題，唱和重複。」（〈樂府古題序〉）李白的樂府詩多沿用古題，而「連類引義、多所諷興」的文字表現，自然符合體要；但他更能在《騷》、古樂府和齊、梁舊作的影響下自出機軸，超越諸子，展現「高暢俊逸」的獨特體貌，致使

〔註26〕徐師曾《文體明辨序說・七言古詩》嘗說：「漢、魏諸作，既多樂府，唐代名家，又多歌行；故此類所錄無幾。」另外，證諸幾部論及各體（製）詩歌體要的重要著作（如本文援引的《詩藪》、《詩源辯體》和《唐詩品彙》等），在評述李、杜古體創作時確實多以「五言古／七言歌行」的型式對舉；其體例如此，故從之。

〔註27〕參見吳訥：《文章辨體序說・古詩・歌行》，收於《文體序說三種》（臺北：大安出版社，1998年第1版1刷），頁42。

「觀者知爲太白（案，指其〈公無度河〉等作品），不知爲古樂府、齊、梁也。」（許學夷《詩源辯體》卷十八第三〇則）同樣契合「風人刺美時政」之義，杜甫樂府詩的特色則在自製新題，即事名篇；而影響所及，從元、白開始詩人遂有不再模擬古題者。

在語言上，李、杜延續個人體貌給予讀者的整體印象，李白爲豪放、奇幻，杜甫爲沈著、涵蓄；前者貴自然而別具高格，後者尚獨造而不離諷興。在批評者眼中，兩人的代表作品至少囊括：李白：〈蜀道難〉、〈遠別離〉、〈公無渡河〉、〈夢遊天姥吟留別〉、〈魯郡堯祠送竇明府薄華還西京〉〔註28〕）等；杜甫：〈麗人行〉、〈渼陂行〉、〈新婚別〉、〈垂老別〉、〈桃竹丈引〉、〈丹青引〉、〈觀公孫大娘弟子舞劍器行〉等。

（2）近　體

律詩／絕句：

李、杜的古詩和樂府固然有不同的體貌，但若按胡應麟的觀點，兩人在古體詩上的成就大抵相等；而兩人偏工獨到的創作，則當從絕句和律詩的對比來探討。胡氏可說是這種頗爲流行的「李絕杜律論」──以李絕、杜律各爲該詩歌體製的翹楚──觀點有力的倡導者〔註29〕。律詩與絕句除在體製上有八句與四句的差異之外，其體

〔註28〕胡應麟《詩藪》內編卷三解說七言古體時只節引篇名曰〈堯祠〉或〈堯祠歌〉（參見引文）；許學夷《詩源辯體》卷18第30則引胡氏此文，將其略申爲〈魯郡堯祠〉。檢視李白全集間含「魯郡堯祠」名目的篇章共有〈魯郡堯祠送竇明府薄華還西京〉、〈秋日魯郡堯祠亭上宴別杜補闕范侍御〉、〈魯郡堯祠送吳五之琅琊〉、〈魯郡堯祠送張十四遊河北〉等，今觀其體例、覈其文意，當以首篇爲是。

〔註29〕依詩歌體製簡論，例如王世貞《藝苑卮言》嘗載錄李攀龍的詩評云：「太白五、七言絕句，實唐三百年一人。」（卷四）王漁洋《唐人萬首絕句選》更將李白〈早發白帝城〉列爲唐世絕句的壓卷之作；而王世貞本人，則視杜甫〈秋興〉（一、七）、〈登高〉及〈九日藍田崔氏莊〉爲唐人七律第一。至於「李絕杜律論」觀點的影響所及，日人松浦友久《李白詩歌抒情藝術研究》尚且專闢章節進行探討；參見氏著，劉維治譯該書（上海：上海古籍出版社，1996年12月第1版1刷），頁208～245。

要亦各具特徵。日人松浦友久在比較李絕、杜律時有一項簡要的歸納，認爲律詩／絕句的對立大致在於：「對偶性↑→單一性」、「整合性↑→偏在性」（案，前兩點皆由體製規定體要）、「完結性↑→對他性」（案，著重於體要）〔註30〕）。

　　儘管李、杜將絕句和律詩的藝術效用發揮到極致，例如胡應麟說：「太白諸絕句，信口而成，所謂無意於工而無不工者。」（《詩藪》內編卷六）施閏章說：「子美沉鬱怪幻，雄視百代，……杜律在唐實爲變調（案，當指杜甫拗律）。」（〈徐伯調五言律序〉，《學餘堂文集》卷六）不過，李白的用語或顯率露，杜甫的造句多偏險拗，兩人這些特色是瑕是瑜，在批評者看來仍然仁智互見。而李絕、杜律的代表作至少有：李白：〈早發白帝城〉、〈聞王昌齡左遷龍標遙有此寄〉等；杜甫：〈登高〉、〈秋興〉、〈九日藍田崔氏莊〉等。

　　至於有傷體要的李律、杜絕，常被提及的有：李白：〈登金陵鳳凰臺〉、〈鸚鵡洲〉；杜甫：〈絕句〉（四首之四）、〈絕句漫興九首〉等。下節我們將以專文討論。

六、才學之屬

（一）

　　李太白一斗百篇，援筆立成；杜子美改罷長吟，一字不苟。

（羅大經《鶴林玉露》）

（二）

　　李、杜之詩，一則玉潤得之自然，一則金精得之鍛鍊，天人之分固較然矣。然李常自言其志，杜則有耽句而欲驚之癖，此又其所以不同也。（俞鎮《學易居筆錄》）

　　引文（一）羅大經以天才／天然與人力的不同進路，來說明李、

〔註30〕同前書，頁212～220。松浦友久這項不失簡賅的歸納結果固然近是，但論證過程卻顯示他對於詩體構成的關鍵仍不乏誤解，惟當另屬文詳加論述。在邏輯上，前提爲假而結論爲眞，是可以成立的。今權引之。

杜的創作習性；當然，這還包括二人作詩自有遲速之別。引文（二）
俞鎮的理解與前人相彷，認爲李、杜作品各出於自然與鍛鍊；猶有進
者，他還歸結二人體貌上的差異，指李白常透露其心志，杜甫則一如
其自道，有「爲人性僻耽佳句，語不驚人死不休」的傾向。

（三）

> 太白天才絕出，……今傳石刻「處世若大夢」一詩，序稱：
> 「大醉中作，賀生爲我讀之。」此等詩皆信手縱筆而就，
> 他可知已。前代傳子美「桃花細逐楊花落」，手稿有改定字，
> 而二公齊名並價，莫可軒輊。……然則詩豈必以遲速論哉？
> （李東陽《懷麓堂詩話》）

（四）

> 意當時李豪雋而才敏，杜質樸而才鈍，相會若有低昂也；
> 然則底於成也，同歸於極焉。（郎瑛〈李杜〉，《七修類稿》）

作詩遲速在李東陽看來不能，甚至不該納入影響李、杜並尊的
思考當中。但他一如前人，認爲李白天才絕出世人，作詩多半援筆
立就；至於杜詩的精采，則多賴琢磨改定之功。引文（四），郎瑛雖
然直謂李白「豪雋才敏」，杜甫「質樸才鈍」；但他對二人齊名並價
的觀感，卻與引文（三）一致——李、杜同爲典範。

（五）

> 1. 太白歌行，窈冥恍惚，漫衍縱橫，極才人之致；子美歌
>   行，突兀崢嶸，俶儻瑰瑋，盡作者之能。（許學夷《詩源辯
>   體》卷十八，第十三則）
> 2. 太白以天才勝，而人無太白之才；子美以人力勝，而以
>   無子美之力。（同上第十六則）

引文（五）中，許學夷以李、杜作品體貌的解讀爲基礎，稱譽二
人各極盡「才人之致」與「作者之能」；在引文（五）他更明顯地指
出，李、杜各以他人無法企及的天才與人力，凌越歷代詩家。

（六）

> 予謂太白才由天縱，故能以其高敵子美之大耳。……杜公

近體分二種，有極意經營者，有不煩繩削者。極意經營，
則自破萬卷中來；不煩繩削，斯眞下筆有神助矣。(黃生《杜
工部詩說》)

黃生在服膺此系批評的「李之天才與杜之學力相匹敵（就成果而
言）」觀點的前提下，更指杜甫極筆力變化的近體詩作，尚有「極意
經營」與「不煩繩削」之分；前者得力於讀書破萬卷，後者憑藉他別
具一格的天才。

根據以上資料，我們可以理解這些批評者的主要共識：

1. 李白才思敏捷，援筆立就，語言大都自然天成；杜甫苦心經
營，改罷長吟，字句多見鍛鍊之功。

2. 兩人文學成就相當；但李白得力於天才（眾稱「天上謫仙
人」），杜甫奠基於人力（自道「讀書破萬卷，下筆如有神」）。

基於同樣的觀點，以李、杜詩歌藝術自當齊名並價為前提，徐復
觀先生有項頗具總結性的論述；他認為李、杜分屬「天才型的不隔」
和「工力型的不隔」兩種不同典型的代表人物〔註31〕。按照徐先生（其
實也是絕大部分批評者）的說法，李白的詩乃「得自主客湊泊的剎那
之間，當下呈現，而無須另加修飾」（《中國文學論集》，頁125），當
然「這只有天才型的人物才可以作得到」（同上，頁124）。至於杜詩
的工力表現，則來自於「積典」兼且「化典」，乃是「憑藉歷史中的
語言世界來作新詞的創造」，而且「把這些東西消化到自己才氣裡面
去」（同上，頁130～131）。檢視這一系批評觀點，杜甫自有其別具
一格的天才；而論及用典（亦即工力的表現），他們卻緘口不提李白，
似乎認為他作詩絕少用典。

但根據當代學人分析王琦輯注李白詩句的用典（用辭、用事）情
形，幾可涵括九十四部書、一百五十八位歷史人物等共約三千四百三

〔註31〕參見徐復觀：〈詩詞的創造過程及其表現效果——有關詩詞的隔與不
隔及其他〉，《中國文學論集》（臺北：臺灣學生書局，1990年3月5
版2刷），頁118、139。

十則典故（註32）。如果用典是衡量工力的重要標準，我們沒有理由忽視李白的努力；更何況統計數字顯示，在歷史人物的徵引上，杜詩才得一百一十七位，頻率尚且不及李白諸作。除非是對詩人整體風格的泛說，或是李白「積典」和「化典」的工力，果真深厚到令徐先生等批評者無法察覺，否則我們很難解釋何以他們視而不見。準此，我們得到李、杜的才／學對比的另一項結果：

3. 杜甫的才情通常不會被批評者埋沒（有時乾脆與工力混爲一談）；而李白的學力、工力卻往往遭到漠視。

省察「李杜並尊」判斷中六個面向的代表性批評，除了「人格之屬」無疑奠基於「人格風格詮釋典範」外，其餘各屬的論述無非落在「語言風格詮釋典範」的範疇中。另外，雖然我們已就各屬所需，儘可能均衡地蒐集歷代的批評資料；但我們也發現在「文體之屬」一項裡，大多數的論述皆出自明代。這個結果顯示，在明代，由「李杜論題」展開的詩歌的「文體」（體製、體要、體貌間關係的綜合思考）的問題，似乎較他代受到更普遍的關注。無論如何，歸納上述批評，我們認爲在「李杜並尊」的判斷中，「語言風格詮釋典範」是滿足該判斷內蘊最有效的詮釋。

第五節　「李杜俱有不足」判斷及其代表性批評

按照邏輯排列法則，最後我們理當得到「李杜並劣」的判斷。這項推演結果雖在邏輯上爲真，實際說來卻與我們對「李杜論題」的界定有所出入。因爲這不但悖離「李、杜被公認爲唐代詩藝的兩大『典範』」此一前提，而且檢視歷代批評資料，也幾無同時公然詆

〔註32〕相關統計資料得自陳香〈從李白詩中褒貶的人物分析李白的思想〉、莊美芳《李白詩探源》（碩士論文）、徐健順〈論李白的文學思想及其歷史地位〉以及斐斐〈李白與歷史人物〉、〈李白與魏晉南北朝時期詩人〉兩篇文章等。楊文雄《李白詩歌接受史》曾彙整上述文章的資料，比較其間去取的差異；詳該書（臺北：五南圖書出版公司，2000 年 3 月初版 1 刷），頁 393、394、481、485。此處頗參考之。

毀二人的言論；當然，自無系統可言。因此我們將「李杜並劣」判斷修正為「李杜俱有不足」，用意在對「承認李、杜為詩藝傳統上足堪匹敵的巨擘，但二人仍不免有疏失之處」，和「李、杜的詩藝皆無可取」兩種不同的觀點做出區隔。我們先將歷代較具代表性的批評臚列於下：

（一）

> 杜集中言李白詩處甚多，如「李白一斗詩百篇」，如「清新庾開府，俊逸鮑參軍」、「何時一樽酒，重與細論文」之句，似譏其太俊快。李白論杜甫，則曰：「飯顆山頭逢杜甫，頭戴笠子日卓午。為問因何太瘦生，只為從來作詩苦。」似譏其太愁肝腎也。(葛立方《韻語陽秋》卷一)

（二）

> 二公蓋亦互相譏嘲，太白贈子美云：「借問因何太瘦生，只為從前作詩苦。」苦之一辭，譏其困雕鑴也。子美寄太白云：「何時一樽酒，重與細論文。」細之一字，譏其欠縝密也。(羅大經《鶴林玉露‧作文遲速》)

引文（一）、（二）葛立方和羅大經雖然都是「杜優李劣」判斷中的代性性批評者；但姑且不論二人鮮明的立場，他們的言論尚有值得分析的成分。以前述葛、羅的批評，再加上陳正敏《遯齋閒覽‧雜評‧編詩》所引王安石所謂：「飯顆之嘲，雖一時戲劇之談；然二人者，名既相逼，亦不能無相忌也。」三者可說是以宋人為主的「李杜芥蒂說」的主力。這種觀點不免流於「以庸俗之見，度賢哲之心」，陳文華先生已有專文詳加辯析〔註33〕，無可置喙，故不贅述。其實，我們措意的是葛、羅的批評間透露出的間接訊息；而他們似乎暗示著，假使李、杜的作品存有任何缺陷，那只能是：李白因太俊快而文欠縝密，杜甫惟太愁肝腎而語傷雕鑴。依循葛、羅的思維模式，我們無法擯除這種詮釋上的可能性。

〔註33〕參見同註三，《杜甫傳記唐宋資料考辨》，頁 131、147。陳氏甚至論證〈戲贈杜甫〉顯是偽作。

（三）

> 《選》體，太白多露語率語，子美多稚語累語，置之陶、
> 謝間，便覺傖父面目，乃欲使之奪曹氏父子位耶！……太
> 白之七言律，子美之七言絕，皆變體，間爲之可耳，不足
> 多法也。（王世貞《藝苑卮言》卷四）

主張「復古」的王世貞在〈梅寄豹居詩集序〉曾說：「余少年時，稱詩蓋以盛唐爲鵠云，已而不能無疑於五言古。及李于麟氏之論曰：『唐無古詩而有其古詩』，則灑然悟矣。」（《弇州山人續稿》卷五十五）關於五言古詩這種體製，包括王世貞在內的復古派詩論家，無不「將漢、魏詩理想化甚至神話化」〔註34〕。他們一致認爲，漢、魏五古的體要是「深於興寄，故其體簡而委婉」、「體多委婉，語多悠圓」〔註35〕；而據王世貞看來，李、杜的五古各有「露語、率語」和「稚語、累語」，在體貌上違悖了該詩體（製）的體要，因此二人的作品非漢、魏之比。基於同樣的「文體」（由體製規定體要，再由體要規定體貌）概念，王氏溫和地表示，李白七律、杜甫七絕的體貌皆不免傷於體要，實不宜當成學習的對象。

（四）

> 杜以律爲絕，如「窗含西嶺千秋雪，門泊東吳萬里船」等
> 句，本七言律壯語；而以爲絕句，則斷錦裂繪類也。李以
> 絕爲律，如「十月吳山曉，梅花落敬亭」等句，本五言絕
> 妙境；而以爲律詩，則駢拇枝指類也。（胡應麟《詩藪》內編
> 卷六，近體下，絕句）

錢謙益《列朝詩集小傳》曾說《詩藪》「大抵奉元美《卮言》爲律令，而敷衍其說；《卮言》所入則主之，所出則奴之」。暫且不論錢

〔註34〕參見陳國球：《唐詩的傳承──明代復古詩論研究》（臺北：臺灣學生書局，1990 年 9 月初版），頁 145。

〔註35〕參見許學夷：《詩源辯體》（北京：人民文學出版社，1987 年 10 月第 1 版 1 刷），頁 47、156。此處以許學夷的意見來說明五古的「體要」，主要是因爲明代後七子及其苗裔對五古的認知，實有共通之處。相關研究詳參同上註，頁 137、216。

氏的批評是否偏頗，至少就引文（四）來看，胡應麟顯然運用和王世貞相同的「文體」概念，且近乎攻訐地舉例指稱「李以絕爲律」、「杜以律爲絕」，皆是破壞「文體」規定的不當表現。

（五）

1. 工部老而或失于俚，趙宋藉爲帡幪；翰林逸而或流于滑，朔元拾爲香草。（毛先舒《詩辯坻》卷一，總論）

2. 歌行，李飄逸而失之輕率，杜沈雄而失之粗硬，選家辨其兩短，斯爲得之。（同上卷三，唐後）

按照引文（五）毛先舒的批評，李、杜作品在風格上美中不足的地方是：李白飄逸而失之輕率滑易，杜甫沉雄而失之粗硬俚俗。這些陳述，與我們自引文（一）、（二）的批評間推測得來的結果相彷，都還屬於體貌上的通論。但王世貞卻直指這就是李、杜《選》體（大致是五言古體）詩的缺點。而胡應麟等則更進一步奠基於「文體」概念，明確提出「李以絕爲律，杜以律爲絕」的看法，視二人所爲律、絕「皆變體，不足多法」（王世貞語）。如果詩體（製）中對句的使用可做爲「絕句性」與「非絕句性」的區分標準，那麼，以下松浦友久的統計或許值得我們參考。

事實上，檢驗李、杜的絕句創作，李白七絕除了少數應制作品外很少對句；而杜甫即使非應制之作，對句亦佔半數。至於五絕，李白的對句雖然稍多（相較其七絕），但比起杜甫高達八成的對句佔有率，比例仍是極低。因此松浦氏總結說：「不論五絕還是七絕，杜甫使用對句程度，都是李白二倍。」〔註36〕依照這種觀點，則杜甫大部分的絕句展現了「非絕句性」的特質；也就是說，某種程度違背了絕句這種詩歌體製的體要。從他著名的四句全對的七絕，即胡應麟所舉的〈絕句〉：「兩箇黃鸝鳴翠柳；一行白鷺上青天。窗含西嶺千秋雪；門泊東吳萬里船。」（四首之四）杜甫「以律爲絕」的特色可見一斑。省察

〔註36〕引文見同註 29，《李白詩歌抒情藝術研究》，頁 239；相關統計數字見頁 223、241。

七絕體製的結構，不外散起散結、對起對結、散起對結、對起散結等四種；而其中以散起散結的作法，最為詩人習用──試觀歷代傳誦的名篇，如李白〈下江陵〉、張繼〈楓橋夜泊〉、王之渙〈涼州詞〉和王昌齡〈宮怨〉等，莫不採用這種結構。究其原因，張夢機先生解釋說：「這種結構純以單筆取勝，一氣流轉，容易取得風神，達到宛轉清空的境界。」〔註37〕準此，自然較符合胡應麟《詩藪》所謂「神韻干雲，絕無煙火，深衷隱厚，妙協簫韶」（內編卷六）的絕句體要；相對之下，如杜甫七絕「偶句對結」的作法，便乖離了他的審美標準。

　　另外，對於杜絕好用偶語，張夢機先生尚有兩項推斷：

> 杜甫既擅律詩，當然嫻於對偶，挹彼注此，自較他人為易，因而發為七絕，也往往以排偶造句。另有一種可能，杜絕百分之九十五作於入蜀之後，這段時期，杜甫七律正達顛峰，而七律在當時又屬新體，老杜受到這些因素的影響，刻意不襲故常，嘗試以大量偶語入絕，希望在王李之外，獨樹一幟。〔註38〕

我們認為，張先生的看法合情合理。

　　關於李白「以絕為律」的情況，胡應麟舉其五律〈觀胡人吹笛〉的頷聯「十月吳山曉，梅花落敬亭」為例，批評這組對句無論在結構（體製）還是情境（體要）方面，都與律詩的要求不甚相侔，反倒貼近絕句。我們不妨再舉李白著名的五律〈對酒憶賀監〉、七律〈登金陵鳳凰臺〉來參照說明。

　　以上三首，體製上雖同屬律詩，作法上卻還有「以絕為律」和「以古為律」的區別。從〈觀胡人吹笛〉的頷聯來看，兩句雖然散行不對偶，但平仄合律，故可如胡應麟般視其為「以絕為律」。而試觀〈對酒憶賀監〉，不但頷聯散行，中間兩聯更出現孤平、孤仄（卻不拗救）等不合律的現象，故可謂之「以古為律」；例如，陸時雍《唐詩鏡》

〔註37〕參見張夢機：〈杜甫變體七絕的特色〉，《唐詩論文選集》（臺北：長安出版社，1985 年 4 月初版），頁 262。

〔註38〕同上註，頁 265。

在該詩的評箋裡即說：「盛唐以古行律，其體遂敗。」是其明證。至於〈登金陵鳳凰臺〉一詩，光是體製的判定便引發爭論〔註39〕；且就結構來分析，該詩有兩處失黏，兩個古體詩三字腳（仄平仄）；因此，即使不將其歸類於「入律古風」或「七古短章」，做為律詩，它「以古為律」的跡象也是相當明顯的。至於李白其它名篇，如〈鸚鵡洲〉的情況也是如此。〔註40〕

在引文（四）中，李白「以絕為律」的作法，已遭致胡應麟嚴苛的批評；至於他的「以古為律」，陸時雍《唐詩鏡》則表示：「〈對酒憶賀監〉、〈宿五松山下荀媼家〉、〈宿巫山下〉、〈夜泊牛渚懷古〉，清音秀骨，夫豈不佳？第非律體所宜耳。」據是，對上述批評者而言，李白這兩系作品很難說不好，但畢竟背離了律詩體製規定下的體要；猶有進者，自外於詩歌體要的體貌，在他們看來，也不免減損其價值。至於李白為何採取上述方法來創作，孟棨《本事詩》嘗載李白詩論云：「梁、陳以來，艷薄斯極，沈休文又尚以聲律。將復古道，非我而誰與？」（高逸第三）以及其謂：「興寄深微，五言不如四言，七言又其靡也，況使束於聲調俳優哉！」（同上）胡應麟《詩藪》說：「太白生平，不喜俳偶。」（內編卷五）而趙翼《甌北詩話》更解釋道：「（青蓮）才氣豪邁，全以神運，自不屑束縛於格律對偶，與雕繪者爭長。」（卷一）準此，我們對李白「以古為律」的推測是：由於李白才氣豪邁，個性使然，不願受格律束縛；更何況，他原以復興古詩面貌自詡，故以此法創作。其次，絕句源出於樂府，繼承了它體要上饒富風人之

〔註39〕宋代以降的詩論家對此詩「體製」的判定分為兩大陣營。認為屬於「七律」者，有嚴羽、方回、高棅、李東陽、沈德潛、邢昉、毛奇齡等人；主張其為「入律古風」或「七古短章」者，有胡應麟、胡震亨、王士禎、王琦等人。詳細的辯析，可參見趙謙：《唐七律藝術史》（臺北：文津出版社，1992年9月初版），頁61、74。

〔註40〕分析〈鸚鵡洲〉的結構，詩中只有五個律句，第四句甚至有四個平聲字；且頷聯散行不對偶，每聯上下句平仄多處未能相對。而律句以外的三句，分別採平仄平、仄平仄、平平平三字腳的形式，也為古體詩所有。故此詩亦可視為「以古行律」的例證。

致、且易入絲篁的特點；而無論在樂府、絕句的造詣上皆臻化境的李白，其在各詩「體」（文體）相互影響下「以絕爲律」，似乎是極其自然的事。

根據前論，我們可再將「李杜俱有不足」這個判斷的批評觀點精簡爲：

> 從作品體貌而言，李白飄逸而不免失之輕率滑易，杜甫雄渾而不免失之粗硬俚俗；李欠縝密，杜太雕鐫。另外，在主張復古的批評者看來，兩人的古體（特別是五言）詩無復漢、魏古詩氣象，明顯不及。

李以絕爲律、以古爲律，杜以律爲絕。二人以這種手法創作的詩未必不好（偶而爲之或顯清新之感）；但畢竟有傷體要。

在「李杜俱有不足」的判斷上，我們可以質疑宋代葛立方、羅大經等批評間的臆測成分，或其用心所在；但這終究同於其它資料，出自「語言風格詮釋典範」的考量。而此處無疑，「語言風格詮釋典範」取得解釋「李杜俱有不足」判斷上絕對的優勢。值得注意的是，文中就詩歌的「文體」概念來評論李、杜（可能的缺失）的情形，也和其它判斷間顯示的證據相仿，似乎是在明代才逐漸成熟的事；而且，就批評資料的多寡而言，明代可說大幅度超越各代，自相爭勝，也使得相關的問題得到更多的發明和釐清。

第六節　「詮釋典範」與批評分布概況的解析

回顧本章對於「李杜論題」中的關鍵議題——「李杜優劣論」的研究，我們整理出幾項結論：

一、除了「杜優李劣」判斷幾乎完全依恃「人格風格詮釋典範」遂行批評外，其餘的判斷，則多從「語言風格詮釋典範」的範疇立說。雖然，對「人格風格詮釋典範」的強調，並不意味須得排斥「語言風格詮釋典範」的作用；但在「杜優李劣」判斷中，當「忠君、愛國、憂民」等儒家的傳統思想成爲價值的絕對判準時，相對之下，「語言

風格詮釋典範」的存在難免隱而不彰。這樣的結果是：此系批評者以主觀的道德考量否定李白的同時，杜詩（當然也包括李白詩作）在語言藝術上的高度成就，也無從獲得深刻的分析，與符稱的評價（只籠統形容爲「能所不能、無可不可」）。

至於李白是否在操守上有重大瑕疵，恐怕見仁見智；例如在「李杜並尊」判斷的「人格之屬」中，批評者即推崇兩人具備同等的「忠孝之心」；這顯然是個觀點選擇的問題。反倒是其餘三項判斷，對兩人的作品在語言藝術上的表現投注較多的關切。即以「李優杜劣」判斷而言，批評者便專就「文體」來評定二人的高下，在他們看來，李白勝出的主因之一，是其作品在體貌上的涵蓋面較廣；但這卻與「杜優李劣」判斷的結論恰巧相反。其實，當批評者從體貌上形容李白「豪放飄逸」、杜甫「沈鬱頓挫」時，這無非是以二人的作品整體爲對象，所形成的審美經驗；只是在這種整體印象下，並不妨礙李白有〈玉階怨〉、〈烏夜啼〉，杜甫有〈絕句漫興九首〉等別具體貌的作品。誠如朱熹所謂「李太白詩不專是豪放，亦有雍容和緩底」（《朱子語類·論文下》卷一四○）；李白詩不專務「豪放」，正如杜詩並非盡數「沉鬱」〔註41〕。以鮮明的優劣立場，質疑李、杜於體貌上缺少變化（且不論其間可能涉及「竊取論點」的邏輯謬誤），即使在批評的操作上頗爲方便，其結論卻往往有失公平。而這無疑又是個觀點選擇的問題。如果我們說，李、杜作品的體貌各有其寬廣的涵蓋層面，這樣的批評或許較爲周延，也較貼近事實。

二、依據「人格風格詮釋典範」導出「杜優李劣」判斷的批評，多集中於宋代，其批評路數多爲清代學者所承繼；而「李優杜劣」判斷大部分產生於明代；至於「李杜並尊」、「李杜俱有不足」等判

〔註41〕例如，申涵光在杜詩〈絕句漫興九首〉的集評裡即說：「惟杜詩別是一種，……有鄙俚者，有板澀者，有散漫潦倒者。」顯見其「體貌」不以「沉鬱」爲限。引自仇兆鰲：《杜詩詳注》（臺北：里仁書局，1980 年 7 月 30 日），頁 792。

斷的資料則散見各代。值得注意的是，藉由「李杜論題」展開的，
對於詩歌「文體」（風格／style）觀念較爲深入的探討——依據詩歌
體製，檢視作品是否合乎特定的體要，並對其體貌進行審美活動乃
至判斷——似乎從明代方始成熟，就批評資料的多寡和質量而言，
也以明代爲最。

第三章 「李杜學習論」的典範研究

第一節 「批評／創作者合一」及其「言／行不一」現象的考察

　　藉由「身分」的對照，我們不難發現，自魏、晉以降，中國詩歌史上創作者和批評者同一的現象相當常見 [註1]；至少在「李杜論題」中，這種現象可得到高度的印證。然則我們也察覺，儘管某人身兼創作者和批評者，在面對同一論題——甚至單在「學習論」的範疇裡，他竟不免因角色的不同，而產生自相矛盾的言說和行為。就「學習論」而言，我們幾乎肯定，後代的創作者向前代遺留的文學典範取法，是件必不可少的事。即以宋詩為例，徐復觀先生在〈宋詩特徵試論〉便說：「宋人也沒有不學唐詩的」、「宋代詩人幾無一不受唐代某些詩人的影響」[註2]；據此，我們不妨再從宋代「李杜論題」中抽繹出幾個實例，來說明當創作者和批評者同一，並且無法不從前代詩人處學

〔註 1〕暫且不談這個現象可能涉及的「文學自覺」問題；個人以為，除了創作者和批評者「身分」上的同一之外，更細緻的發展，它還形成所謂創作和批評「活動」上的同一；例如「論詩絕句」此脈獨特的批評傳統。後者的相關研究可參蔡英俊：〈論杜甫「戲為六絕句」在中國文學批評史上的意義〉，收於呂正惠編：《唐詩論文選集》（臺北：長安出版社，1985 年 4 月初版），頁 299～335。
〔註 2〕參見徐復觀：〈宋詩特徵試論〉，《中國文學論集續篇》（臺北：臺灣學生書局，1984 年 9 月再版），頁 23、29。

習時，可能引發的糾葛。

一、「優杜劣李」的代表人物王安石，雖然批評李白品格污下，畢竟還需從李白的作品中學習創作的技巧；而且根據今人王晉光〈李白對王安石的影響〉一文的分析，荊公還頗有收獲〔註3〕。

二、被視爲江西詩派宗主的黃庭堅似應以學杜爲歸，以至如王漁洋所謂：「山谷雖脫胎於杜，其天姿之高，筆力之雄，自闢門戶」；但事實顯示，他竟是學李的宋人中頗有成就的一個——雖然他亟言李白非一般人所可擬議，而杜甫則有門徑可循。如清王有宗即說：「山谷律詩，奇橫蠻拗，純學太白，卓然自成一家。」（引自曾國藩纂《十八家詩鈔》卷二十三，王有宗評註）猶有進者，今人范月嬌〈談黃庭堅與李杜詩〉一文還分從集句、借用、翻案、奪胎和換骨各層面詳加舉例，證明黃氏的確學李有成〔註4〕。

三、譏刺李白「識度甚淺」、「宜其終身坎壈」的陸游，卻有「小李白」的稱號。如毛晉《劍南詩稿‧跋》嘗記：「孝宗一日御華文閣，問周益公曰：『今代詩人，亦有如唐李太白者乎！』益公以放翁以對，由是人竟呼爲『小李白』。」而今人錢鍾書更直謂「放翁頗欲以『學力』爲太白飛仙語，……有宋一代，要爲學太白最似者」〔註5〕。

以上數例透露的訊息是，儘管三人對李白及其作品的觀感偏於負面，甚至在某些批評意見看來，他們的作品風格還跟李白大相逕庭；但除了學杜之外，他們卻無法不從李白處汲取創作所需的滋養。然則唐代詩人何其多，而宋人乃惟李、杜是膺，這說明了李、杜的典範地位確無疑義。只是這麼一來，我們不禁懷疑：難道學習李白，竟是如此難以啓齒的事？嘗試更集中地解釋這些現象，即是我們將「學習論」暫且獨立於「優劣論」外——至少，對上述「表裡不一」情況的探索

〔註3〕參見王晉光：〈李白對王安石的影響〉，《王安石論稿》，頁 147、157。
〔註4〕說詳范月嬌：〈談黃庭堅與李杜詩〉，文刊《淡江大學中文學報》創刊號，頁 168、189。
〔註5〕參見錢鍾書：《談藝錄》（臺北：書林出版有限公司，1988 年 11 月），頁 125。

便已超出一般優劣判斷的範疇──個別討論的原因。當然，各代向典範（李、杜）學習的說法和作爲或見異同，故以下我們將分從「學李不學杜」、「學杜不學李」和「並學李、杜」三種選項開始，整合其間代表性的批評，續作研究。

第二節　「學李不學杜」的代表性批評

關涉主張學習或親身實踐、或至少被視爲學習李白的創作者／批評者的代表性說法大致如下：

（一）

> 宋周紫芝見王提刑書謂姑谿李先生嘗爲蘇東坡之客，紫芝向他問作詩之法，「姑谿笑曰：僕嘗聞蘇先生之言矣，先生謂吾詩學李太白（按此語不太可信）某（紫芝）應之曰：以今日觀之，自是兩家。」（徐復觀〈宋詩特徵試論〉，《中國文學論集續篇》，頁29；整理自《古今尺牘大觀》中編一）

蘇軾〈書丹元子所示李太白眞〉一詩，王文浩嘗評爲「題太白第一名句，公此詩亦頗自詡，可見其命意不凡矣」〔註6〕；而且，此詩顯然是摹倣李白作品的「體貌」創作的。雖然蘇軾極意標榜自己學李的路數，但相似與否，在批評者看來卻有極爲分歧的意見；至少周紫芝和徐復觀先生就認爲，二人作品各有不同的「體貌」。

（二）

> 李、杜、韓、柳初亦學《選》詩，然杜、韓變多而李、柳變少；變不可學，而不變可學。（朱熹《朱子語類》）

與「優劣論／杜優李劣／源流之屬引文（三）」並觀，可知朱子

〔註6〕〈書丹元子所示「李太白眞」〉詩云：「天人幾何同一漚，謫仙非謫乃其遊，麌斥八極隘九州。化爲兩鳥鳴相酬，一鳴一止三千秋。開元有道爲少留，麌之不可矧肯求。西望太白橫峨岷，眼高四海空無人。大兒汾陽中令君，小兒天臺坐忘身。平生不識高將軍，手污吾足乃敢瞋。作詩一笑君應聞。」參見蘇軾撰，王文誥輯注，孔凡禮點校：《蘇軾詩集》（北京：中華書局，1987年10月1版2刷），頁1994、1995。

建議創作者師法李、杜，主要是二人作品可視爲學習《選詩》（大致是上溯漢、魏，下迄齊、梁的五言古詩）最佳的入門範本。但在學習李、杜的基礎上，朱子卻還認爲李可學、杜不可學（特別是夔州時期的作品）。究其原因，當是杜甫在入蜀之後，其七律創作正值顛峰（並影響了他的絕句創作）；而七律畢竟是唐代才發展成熟的詩歌體製，自然去（變）古詩較遠，偏離了他理想中的學習門徑。

（三）

> 李太白《古風》，韋蘇州、王摩詰、柳子厚、儲光羲等古體，皆平淡蕭散，近體亦無拘攣態、嘲哲之音，此詩之嫡派也。
> 杜少陵古、律各集大成，漸趨浩蕩；正如顏魯公書一出，而書法盡廢。（揭傒斯《詩法正宗》）

正如我們在「優劣論／李杜並尊／文體之屬」的歸納所謂「李白集復古之大成，杜甫開革新之局面」；基於同樣的思考，揭傒斯認爲要學習古體，自然須從身爲詩法「正宗」、「嫡派」的李白入手。故胡應麟《詩藪》論其詩學取向時，即說：「揭曼碩師李，旁及三謝。」（外編卷六）

（四）

> 夫人不讀李詩，不足以發雋逸之趣；不讀古體，不足以發春容之旨。故讀杜詩易，讀李詩難；讀近體易，讀古體難。讀李詩如入天府而睹宮闕；讀古體如登清廟而聞琴瑟。孰謂李詩易學，古體易作哉？（王睦英〈李太白詩題辭〉）

此處王氏明顯地將李、杜對立，視爲古、近體的代表詩人。雖然他覺得李詩、古體較杜詩、近體難學；然則不讀、不學他所謂的難者，則無以長養個人對「雋逸」、「從容」等「體貌」的審美品味，進而增益自己的創作能力。

（五）

> 青蓮之詩，非可學而至也。青蓮負曠世才，有浩然之氣，……此由天授，非關人力者然。後之爲詩者，亦必負曠世才，有浩然之氣，而後發而爲言，不求合而自然吻合。

　　彼舍神理襲形似，沾沾焉以率易狂縱求之，去青蓮遠矣！

　　（沈德潛〈許竹素詩序〉，《歸愚文鈔》卷十四）

　　在沈德潛看來，在作品的「體貌」上，後人往往把「率易狂縱」當做李白的「豪放飄逸」來學習；他認為這不但是種誤解，而只求作品外在形貌相近的學習途徑，也是捨本逐末。沈氏《說詩晬語》曾道：「有第一等襟抱，第一等學識，斯有第一等眞詩。如太空之中，不著一點；如星宿之海，萬泉湧出；如土膏既厚，春雷既動，萬物發生。」（卷上第五則）基於此理，他建議為詩者必先具備相當的才情與浩然之氣（一如李白），學習的效果自然水到渠成。至於文首沈氏所謂「青蓮之詩，非可學而至」云云，除了是此理的「遮詮」之外——他還是鼓勵後人（包括自己）勇於學習——，不妨將其視為一個後代創作者／學習者，對個人才能的肯定和期許。

（六）

　　唐詩首推李、杜，前人論之詳矣。顧多以杜律為師，而于李則云仙才不能學，何其自畫之甚也？大約太白工于樂府，讀之奇才絕豔，飄飄如列子御風，使人目眩心驚；而細按之，無不有段落脈理可尋，所以能被之管絃也。……故余以為學詩者，必從太白入手，方能長人才識，發人心思。（李調元《雨村詩話》卷下）

　　李調元《雨村詩話》於引文（六）之後，又云：「王漁洋曾有《聲調譜》而李詩居半，可謂知音矣。」（卷下）可見其措意者當在聲調。在肯定李、杜為唐詩的兩大典範的前提下，李氏對歷代多以杜律為師的現象頗有微詞。他認為近體詩在「體製」上雖較有規則可法，然則李白的樂府卻也不乏脈理可循，能夠披以管絃——儘管其作品的「體貌」乍讀之下令人目眩心驚。既有天馬行空的「體貌」（能長人才識，發人心思），又合乎音律；因此李調元建議，學詩必從李白入手。

（七）

　　委巷童子，不窺見白之眞，以白詩為易效。是故效杜甫、韓愈者少，效白者多。……莊、屈實二，不可以并；并之

以爲心，自白始。儒、仙、俠實三，不可以合；合之以爲
氣，又自白始也。其斯以爲白之眞原也已。(龔自珍〈最錄李
白集〉，《龔自珍全集》第三輯)

在龔自珍的觀察裡，似乎學李白多，效杜甫者少；這恰與引文
（六）李調元的論點相反。其實二說可以不矛盾；因爲後者觀察的
對象是詩家，前者則是「委巷童子」。對於李白並具屈、莊異趣的用
世和出世之心——意在當代有所樹立，然後拂衣還山——可參照我
們在「優劣論／李杜並尊／人格之屬對引文（四）、（五）」所做的詮
釋——這種（看似矛盾的）心志，雖未必如龔氏所言始於李白，卻
是他作品中反覆出現的主題。另外，龔自珍還認爲李白雖雜揉儒、
仙、俠等不同性格，卻使得作品「體貌」更加「體氣高妙」〔註7〕。
所以據他看來，李白固然非學不可；但在學習之前，必須對其思想
內容有深切的認知。

（八）

夫詩家李、杜並尊，而論者謂杜聖而李則仙，似乎少有軒
輕。然余謂學杜不成，必至生硬枯澀，作三家村夫子面目；
學李不成，則其雲謫波詭之辭，鳳泊鸞飄之思，猶不失爲
《風》、《騷》門徑中人。(俞樾〈周子雲三蓮堂詩序〉，《春在堂
雜文》四編卷六)

申涵光嘗論杜甫絕句云：「能重而不能輕，有鄙俚者，有板澀者，
有散漫潦倒者，雖老放不可一世，終是別派，不可效也。」〔註8〕
俞樾則將這種觀點延伸至各種詩體（製），認爲學杜「沉鬱」者，每
有流於「生硬枯澀」的可能。另外，由於李白詩作源本《風》、《騷》
（詳參「優劣論／李杜並尊／源流之屬」），後人學之，縱使無法近

〔註7〕劉熙載曰：「學太白詩，當學其『體氣高妙』。」(《藝概·詩概》) 其
　　　意與龔自珍相彷彿，故此處其之釋引文（七）中之「氣」。參見郭紹
　　　虞輯：《清詩話續編》(臺北：藝文印書館，1985 年 9 月初版)，頁
　　　2425。
〔註8〕引自仇兆鰲：《杜詩詳注》(臺北：里仁書局，1980 年 7 月 30 日)，
　　　頁 792。

似其「豪放飄逸」的「體貌」；但思想和文字取法乎上的結果，總不至於失卻詩家面目。

雖然基於創作和批評兩個層面可能的差異，我們將李、杜「優劣論」和「學習說」分開探討；但就兩者在批評資料間顯示的觀點的共通性，我們則不妨藉之互相參照、檢證。歸納上述代表性批評，具有幾項重點：

一、李白集復古之大成，杜甫開革新之局面（詳參「優劣論／李杜並尊／體要之屬」）。批評者從這種思考出發（至少在《選》體的承繼上），認爲李作猶存古風，而杜詩則無復古人面貌；因此欲作古體，學杜不如學李。在他們看來，比起杜甫，李白無疑更像古詩傳統的正宗、嫡派。猶有進者——在不涉及價值判斷的情況下——甚至過於簡單且對立地將李、杜視爲古體和近體的代表詩人。

二、對於學習李白的各種思考，尚可從幾點詳加闡析：

1. 學習李白的原因：首先，李白作品（特別是樂府）可披之管絃，段落間更有脈絡可循，俾益初學者增進才識、廣發心思。其次，學李縱使無法近似其「豪放飄逸」的風格，但取法乎上的結果，在思想和修辭上總不至於喪失做爲藝術成品的「詩」，所能觸發的審美效果；而學杜不成，則不免流於生硬、枯澀，減損了詩感動人的能力。

2. 學習李白的方式：由於李白負曠世才，有浩然之氣，學習者若僅求作品「體貌」的形似，恐怕是背道而馳；學李當從「神理」入手。至於「神理」（精神層面）的追求，創作者也當具有曠世才賦，並涵養一己的浩然之氣，最後方能與李白合轍同歸。雖然上述說法與他們所謂「青蓮之詩，非可學而至」的批評不免存在自相矛盾的危險；不過，我們將創作者甘犯這種邏輯謬誤的原因理解成：做爲一個後代創作者／學習者對個人才能的肯定和期許。

3. 學習李白的難易：學李似易而實難。相對而言，比起作爲近體代表的杜詩，李白所代表的古體詩系統，似乎較難摹習。更重要的是，李白縮合屈、莊異趣的用世和出世之心，消融儒、仙、道多元的

思想於其作品風格中；具有一定學養的詩家，即知學習不易。

4. 學習李白的成績：歷代師法李白文體者亦多矣，只是各自的成績如何，還須交由外界來判斷。如以學李自居的蘇軾，其作品風格在周紫芝看來卻不相似；反倒是標榜學杜的王安石、黃庭堅、陸游等人，私淑李白的成績獲得後世批評者的肯定。東坡在〈次韻孔毅甫集古人句見贈〉曾感歎道：「天下幾人學杜甫，誰得其皮與其骨。」這種現象拿來解釋他學李的情況也正合適。徐復觀先生曾以蘇、黃分學李、杜為例，說：「他們所法的唐人，乃與其資性及其時代精神相近之唐人。」（《中國文學論集續篇》，頁 29）但徐先生也強調學習者還要由傳承走向創造。我們認為，也就是在創造的過程中，他們的作品成長、發展的情況，往往超出個人的預期——而且因人而異；因此儘管作品「體貌」不似，東坡自道「詩學李太白」，並沒什麼不太可信的。

其實我們不難發現，較諸「優劣論」中對李白文體所作的分析，學李的言論在某種程度上便顯得寬泛。大抵上述批評者認為近體在學習上較有脈胳可循，古體則不易窺其門徑，這樣的思考反映在「李杜論題」的傳統裡，不免形成以李白、杜甫詩作各為古體、近體學習典範的結果。當然，學李的難易度各家見解或有不同；但從他們偏重李白古體的言論觀之，似乎在學習上，李白的近體作品（特別是律詩）還無法獲得同等的青徠。

第三節 「學杜不學李」的代表性批評

趙翼《甌北詩話》曾說：「北宋諸公皆奉杜為正宗，而杜之名遂獨有千古。」（卷二）宋人宗杜的始末，我們已在「李杜優劣論」（特別是「杜優李劣」判斷）中做過詳密的探討；但是顯然，在部分批評者看來，專意尊杜、學杜的情況並不以宋代為限。即以李白地位較見提昇的明代而言，如明初張以寧說：「近代諸名人，類宗杜氏而學焉，

學李者何其鮮也！」（〈釣魚軒詩集序〉，《翠屏集》卷三）而清朱彝尊
則指「明之詩家，學杜者多，學李者少」（《曝書亭集》卷二十二）。
可見比之學李，學杜的詩家還是佔了絕大的比例。至於主張學習杜甫
的批評者／創作者的代表性說法，則大抵如下：

（一）

> 古今詩人學杜甫者多矣，而卓然可自成一家者，李義山、
> 黃山谷、元遺山三人而已。李學杜得其雅，黃學杜得其變，
> 元學杜得其全。（邵祖平《無盡藏齋詩話》）

　　根據邵祖平的觀察，唐、宋、金三朝學杜有成的詩家，可舉李商
隱、黃庭堅和元好問三人為代表。王安石嘗道：「唐人知學老杜而得
其藩籬者，惟義山一人而已。」（語見《蔡寬夫詩話》）葉夢得也說：
「唐人學老杜，惟商隱一人而已。雖未盡造其妙，然『精密華麗』亦
自得其彷彿。」（《石林詩話》）而「精密華麗」的「體貌」，當可謂得
杜之「雅」。陳師道對黃庭堅詩學淵源的分析是：「唐人不學杜詩；惟
唐彥謙與今黃亞夫庶、謝師厚景初學之。魯直，黃之子，謝之婿也。
其於二父，猶子美之於審言也。」（《后山詩話》）張戒亦云：「子美之
詩，得山谷而後發明。」（《歲寒堂詩話》卷上）至於黃庭堅學杜的方
法和成果，范月嬌先生〈談黃庭堅與李杜詩〉嘗彙整宋人以降的二十
六則批評，資料齊備；而她對「黃學杜得其變」的解釋是：「拗體本
出於杜甫，而庭堅學之，成為其詩的特色。」〔註9〕其說雖稍嫌侷囿
於「體製」層面；但拗體的多方運用，確是山谷詩的一項特色。杜甫
〈戲為六絕句〉曰：「別裁偽體親風雅，轉益多師是汝師。」（其六）
元好問效其體作〈論詩〉絕句三十首，其內容據楊文雄先生的研究，
乃「首揭『正體』旗號，正面辨析詩體正偽清渾，使文學史上優劣之
作的判斷像『涇渭』一樣分明。」〔註10〕這種論點顯然承自杜甫。至

〔註9〕參見同註四，頁189～195；引文見頁197。
〔註10〕參見楊文雄：《李白詩歌接受史》（臺北：五南圖書出版公司，2000年
　　　3月初版1刷），頁122。

於他詩作的「體貌」，趙翼總評爲「廉悍沉摯」（《甌北詩話》卷八），也近於杜甫的「沉鬱頓挫」；故邵氏所謂「元學杜得其全」者，可從上述兩方面來證成。

準此，則李商隱、黃庭堅、元好問三人學杜有成的事實，除了邵祖平外，在歷代批評者看來，同樣是信而有徵。

（二）

> 宋人詩善學盛唐而或過之，當以梅聖俞爲第一；善學老杜而才格特高，則當屬之山谷、后山、簡齋。（方回《瀛奎律髓》卷二十四）

方回評選的《瀛奎律髓》，可謂江西一派的詩學重鎮。他在陳簡齋〈清明〉詩後有一條著名的批註，曰：「嗚呼！古今詩人當以老杜、山谷、后山、簡齋爲『一祖三宗』，餘可配饗者有數焉。」（卷二十六）一般相信，「江西詩派」雖創論於呂居仁，然則加以演述並擴大其影響力者，恐怕仍以方回的「一祖三宗」之說爲最。另外，方回在〈唐長孺藝圃小集序〉嘗表示「詩以格高爲第一」（《桐江集》），顯見其論詩首重「格高」；而張夢機先生《讀杜新箋——律髓批杜詮評》對虛谷「格高」的詮釋爲：「是注意於意在筆先，先在性情學問上講求，當涵養省悟有得，胸中所見自高，而表現於詩文時，則其風格必高。」〔註11〕是則方回認爲學習杜甫的關鍵，即在此意的養成。

（三）

> 若太白、子美，行皆大步，其飄逸、沉重之不同，子美可法，而太白未易法也。本朝有學子美者，則未免蹈襲；亦有不喜子美者，則專避其故跡。（謝榛《四溟詩話》卷三）

（四）

> 李太白、杜子美微時爲布衣交，並稱於天下後世。……然後之人作詩，乃多學杜而鮮師太白，豈非以太白才高難及？（都穆《南濠詩話》）

〔註11〕參見張夢機：《讀杜新箋——律髓批杜詮評》（臺北：漢光文化事業公司，1987年3月20日2版），頁26。

　　並觀引文（三）、（四），在典範的尊崇下，他們對李、杜作品「體
貌」各爲「飄逸」、「沉重」的認識，以及對二人才、學側重不同的論
點，與我們在「優劣論／李杜並尊／通論、才學之屬」所做的結論相
彷。在他們看來，李白才高難及，是後人偏向學習杜甫的原因。另據
謝榛的觀察，在杜詩巨大的影響下，明代的創作者不是流於蹈襲，便
是矯枉過正、刻意趨避杜詩的涵範；凡此，皆如行走「狹斜小徑」，
偏離了正道。

（五）

> 李、杜二家，其才本無優劣。但工部體裁明密，有法可尋；
> 青蓮興會標舉，非學可至。又唐人特長近體，青蓮缺焉，
> 故詩流習杜者眾也。（胡應麟《詩藪》外編卷四）

　　胡應麟此處的論點著重於近體；特別是律詩。對於學作近體，《詩
藪》嘗言：「作詩大法，惟在格律精嚴，詞調穩愜，使句意高遠。」
（內編卷五）由於律詩「體製」到盛唐方臻完熟，而他又認爲五言律
法的終境在「歸宿杜陵」（同上，內編卷四），七律能事「必老杜而後
極」（同上，內編卷五）；所以，相較於「生平不喜俳偶」（同上）而
作品極少的李白，「體裁明密」的杜甫，因具備大量有法可尋的律體
佳作，自然成爲後人學習的對象。更不用說李白在創作上，常藉當下
「觸物起情」的感動揮筆立就，令人無處學起了。

（六）

> 太白七古，超秀之中自饒雄厚，不善學之，則墮塵障；故
> 七古終以少陵爲正宗。（李慈銘《越縵堂詩話》）

（七）

> 太白七古，體兼樂府，變化無方。然古今學杜者多成就，
> 學李者少成就；聖人有矩矱可循，仙人無蹤跡可躡也。（施
> 補華《峴傭說詩》第九三則）

　　引文（六）、（七），李、施二氏的觀點極其近似。例如上述李慈
銘謂李白七古超邁秀逸的「體貌」，實以雄渾厚實爲根柢云云；而施
補華即同其結論說：「太白七古不易學，……得其一二，俗骨漸輕。」

（《峴傭說詩》第九六則）雖然他認為李白不易學的原因，還包括他的七古揉合了樂府詩所強調的，有關聲調、氣勢的「體要」。其次，施氏更解釋道：「少陵七古，學問、才力、性情，俱臻絕頂，為自有七古以來之極盛。」（同上，第 103 則）所以他和李氏同判「七古以少陵為正宗」。當然，兩人另有一項共識；正如我們在「優劣論／李杜並尊／才學之屬」的歸納，李白的天才難及，也是導致學杜者有成者多，學李有成者少的緣故。

（八）

> 以學養論，杜優於李；以才氣論，李優於杜。杜之精詣，猶可學而能；李由天縱，不可學而企也。（喬松年《蘿藦亭札記》卷四）

「優劣論／李杜並尊／才學之屬」的一項結論是：李白的學養常遭到埋沒——對其用典視而不見；杜甫的才氣卻能在更多的層面被人重視——甚至將工力當做才氣的表現。雖然喬松年「杜可學、李不可學」的說法一如眾人；但直言「李之才氣」與「杜之學養」各優於對方，卻是箇中論點較為明確、篤定者。

（九）

> 學少陵而不成者，不失為伯高之謹飭；學太白而不成者，不免為季良之畫虎。（黃子雲《野鴻詩的》第九五則）

基於和引文（八）相同的思考；但這裡的論述卻與「學李／引文（八）」俞樾的說法完全相反。猶有進者，黃子雲認為「太白以天資勝，下筆敏速，時有神來之筆；而麤劣淺率處亦在此。」（同上）才氣高如李白仍不免有此疵病，故後人當從「以學力勝，下筆精詳，無非情摯之詞」（同上）的杜甫學習。

省察以上資料，涉及李、杜作品「體貌」的所謂「飄逸」、「沉重」的批評，大致延續與嚴羽等相同的觀點（參見「優劣論／李杜並尊／通論之屬」）；而關於學習杜甫的論述，我們可將其歸納成數點詳加詮釋。

1. 學習杜甫的原因

（1）在「李杜論題」的範疇裡，學杜不學李的原因，有如黃庭堅曾說：「學老杜詩，所謂『刻鵠不成尚類鶩』也。」（〈與趙伯充〉）相較之下，學李不成卻容易淪爲「畫虎不成反類犬」的結果。前代批評者的如是說，不能不讓後世學習者在典範的選擇上謹言慎行；即使有心學李，似乎也很少大張旗鼓地進行。

當然，還有一項更重要的因素，即是「優劣論／李杜並尊／才學之屬」嘗分析的，以李、杜各爲天才、工力型代表詩人的成見影響所致。這個部分，通常也像我們之前得出的結論，即使肯定兩人成就相當，但杜甫的才分較不易爲批評者埋沒，而李白的學養則往往遭到忽略。總之，在後代的學習者看來，杜詩的創作手法嚴密，大致符合近體詩的體製規範——也對特定的「文體」概念產生了影響〔註12〕——所以有法可循，從之者眾；而李白作品缺乏這種可供學習的門徑，自然少見追隨者。畢竟一般而言，學養可由後天積累而豐實，才氣則不免受限於先天的秉賦。

（2）值得注意的是，在學杜的眾多批評裡，也出現與學李者相彷彿的，對李、杜個別的古、近體作品特別重視的態度。這種態度落實在詩歌「文體」的思考，即在李不可學的基礎上，更舉其七古做爲代表——根據孟棨《本事詩》，七古是他被歎爲「謫仙」的成因——反倒是杜甫的七古才稱得上學習的典範；或者基於同理，說古今學杜者多成就，學李則否。猶有進者，他們認爲學李者寡的問題癥結，在他的近體創作量過少所致；特別是，相較於杜甫的律詩而言。

2. 學習杜甫的成果

（1）學杜有成：歷代詩家學杜有成者，在李商隱之後是王荊公。

〔註12〕例如，杜甫對「吳體」這種詩歌體製的形成即具有重大影響，並引發後人選以此體進行創作。關於「吳體」的解釋，詳參陳文華：〈吳體〉，文收張夢機：《古典詩的形式結構》（臺北：駱駝出版社，1997 年 7 月初版 1 刷），頁 97～105。

吳孟舉嘗謂：「安石精嚴深刻，皆步驟老杜所得。」（《宋詩鈔》）而劉熙載更析論云：「詩學杜得其瘦硬；然杜具熱腸，公惟冷面。」（《藝概・詩概》）接著，則有方回「一祖三宗」論述下的黃庭堅、陳與義、陳師道三人。山谷之學杜已如前述；至於后山、簡齋，胡應麟曾就其成果直言：「宋之學杜者，無出二陳。」（《詩藪》外編卷五）而元遺山的批評觀點除杜甫外，也承襲山谷、后山，自道「論詩寧下涪翁拜」（〈論詩〉絕句），詩作亦與江西諸人為近，故宜將其列入學杜陣營。據此，在批評者眼裡，除了李商隱和王安石等人外，以學杜聞名的創作者，多半即是江西詩派中人。

（2）學杜不成：關於學杜不成的情況，胡應麟在稱道「黃、陳學杜瘦勁」（《詩藪》外編卷五）後又說「宋諸君子，以險瘦生硬為杜，此一代認題差處」（同上）〔註13〕；因此他批評宋人大率「解尊杜，不解習杜」（同上）。而謝榛則指明代學習者在杜詩的影響下，往往只流於因襲，無法從傳承走向創造，開不出新局。若與學李者的批評（如俞樾的說法）兩相參照，我們可以說，除了在杜詩筆力的籠罩下施展不開，學杜不成的結果容易淪為「生硬」、乃至「枯澀」，這似乎是後人的共識。

然則，一如自道「詩學李太白」的蘇軾被周紫芝指為「自是兩家」；公認學杜的黃庭堅也被胡應麟評曰：「黃律詩得杜聲調之偏者，其語未嘗有杜也；古選歌行絕與杜不類」（《詩藪》外編卷五）、「黃、陳、曾、呂，名師老杜，實越前規」（同上）；甚至，還有謂黃氏「純學太白」者（前引王有宗語）。對此，清費經虞總結說：「江西宗派專學杜、韓，實則諸公自為體耳。」（《雅倫》卷二）大概要由傳承走向創造，宜乎有此表現；至於學得像不像、成不成，卻始終見仁見智。

〔註13〕如劉熙載《藝概・詩概》嘗言：「杜詩雄健而兼虛渾。宋西江名家學杜幾於瘦硬通神，然於水深林茂之氣象則遠矣。」是則公認學杜較有成果的江西詩人猶不免得其一偏，餘可想見。參見同註七，頁2433。

第四節 「並學李杜」的代表性批評

　　自宋以降的創作者，幾乎沒有不學唐詩的。而在唐代業已成形的「李杜論題」，再經過詩論家如嚴羽所謂：「論詩以李、杜為準，挾天子以令諸侯也。」(《滄浪詩話‧詩評》) 學問家朱熹曰：「作詩先看李、杜，如士人治本經；本既立，方可及蘇、黃以次諸家詩。」(《朱子語類》) 以提點後學；或出於文人的雅愛、推廣，如王禹偁說：「誰憐所好還同我，韓柳文章李杜詩。」(〈贈朱嚴〉) 凡此，都具有一定程度的影響。以下我們先臚列主張並學李、杜的批評者／創作者的代表性說法，再行詮釋。

　　（一）

　　　　《楚辭》、杜、黃，固法度所在；然不若遍考精取，悉為吾
　　　　用，則姿態橫出，不窘一律矣。如東坡、太白詩，雖規摹
　　　　廣大，學者難依；然讀之使人敢道，澡雪滯思，無窮苦艱
　　　　難之狀，亦一助也。(呂本中〈與曾吉甫論詩第一帖〉，《苕溪漁隱
　　　　叢話》前集卷四十九)

　　呂本中雖與江西詩人共奉「祖宗」(一祖三宗)，但論及學詩取法的對象，卻不以杜甫、黃庭堅等人為限。呂氏詩論首推「｜活法」和「悟入」之義；然則理解「活法」 (註14) 的門徑在「悟入」，而「悟入之理，正在工夫勤惰間耳」(同上)。他認為作詩欲波瀾壯闊，必先涵養一己之氣；而方法無它，皆須訴諸廣泛且勤慎的學習。因此，呂氏《童蒙詩訓》除了敦勸學子涵泳杜詩之外，還例舉李白〈關山月〉、〈淮陰書懷寄王宋城〉(案，王宋城也作王宗成) 等詩，謂「學者能熟味之，自然不褊淺矣。」 (註15) 同理，引文 (一) 呂氏也建議學者「遍考前

〔註14〕龔鵬程先生對呂本中「活法」之義的詮釋頗為精到，他說：「此活法，本出心識，不執取於文字之間，故其道也，非賦非比，直為興耳。觀其言，可以知德人之用心，驗物我之交會，顯天地之生機，興發讀者之志意。」足供參考。文見氏著：《江西詩社宗派研究》(臺北：文史哲出版社，1983 年 10 月初版)，頁 311。

〔註15〕參見呂本中：《童蒙詩訓》第二則「李白詩氣蓋一世」。文收郭紹虞輯：《宋詩話輯佚》(臺北：華正書局，1981 年 12 月初版)，頁 585～586。

作」；特別是，學杜（黃）的法度句法，學李（蘇）的規摹廣大。

（二）

> 一、二十年來天下之詩，於律多法杜工部〈早朝大明宮〉、
> 夔府〈秋興〉之作，於長篇又多法李翰林長短句。（劉詵〈與
> 揭曼碩學士書〉）

（三）

> 唐海宇一而文運興，於是李、杜出焉。……吾（傅與礪）
> 嘗親承范（德機）先生之教曰：「……詩能不失家數，不失
> 法度，雖疏拙亦不害也。……法度既立，須熟讀《三百篇》，
> 而變化以李、杜，然後旁及諸家，而詩學成矣。」（傅與礪〔述
> 范德機意〕《詩法源流》）〔註16〕

並參引文（二）、（三），可知自元代中期以降，創作者逐漸形成
一種並學李、杜的共識；其方法是：近體學習杜甫的律詩，古體學習
李白的樂府詩。而傅與礪甚至認為，師法李、杜有成者，還能據以上
溯《三百篇》，窺見「詩道之大原」——如同他眼中的范德機。

（四）

> 能詩之士代不乏人，終莫能追蹤李、杜。其間有能悉心探
> 索、竭志模擬者，則亦各自名家，流傳不泯。蓋二公之天
> 才力學，所以自得之妙，固未易深契；然其律呂可按，矩
> 度可尋，故學之者真積力久，未有不自成以至可傳者也。（宋
> 濂《草閣集・序》）

宋濂〈劉兵部詩集序〉嘗云詩有「五美」，依次為：天賦之才、
稽古之功（著重在音節體製）、良師益友、吟詠雕琢、江山之助。根
據郭紹虞先生的解讀，宋濂的詩論惟在「師古」，而其內容可有兩種

〔註16〕《詩法源流》云：「大德中，有臨江范德機先生，獨能以清拔之才，
卓異之識，始專師李、杜，以上溯《三百篇》。……由是而詩學丕變，
范先生之功為多。」傅與礪此處的設問，多少欲藉他眼中的第一流
詩人之口，在詩法上發揮指導後學的效用。參見張健編著：《元代詩
法校考》（北京：北京大學出版社，2001年第1版1刷），頁235、
238。

看法：「說得淺一點，則是『審諸家之音節體製』，此猶與詩人之見解爲近；說得深一點，則全是儒家傳統的理論了。……審諸家之音節體製，其師古可以唐爲宗主。」〔註17〕根據這種論點，宋濂在並尊李、杜爲典範，認爲二人的作品巧妙融合天才力學之功，使後人難以臻近外；他也敦勉學詩者，李、杜作品的音節體製皆有規矩可循，浸淫日久必能有所發明，自成家數。

（五）

> 暨觀太白、少陵長篇，氣充格勝，然飄逸、沉鬱不同，遂
> 合之爲一，入乎渾淪，各塑其像，神存兩妙，此亦攝精奪
> 髓之法也。（王世貞《藝苑巵言》卷七引謝榛語）〔註18〕

關於謝榛所謂的「氣格」，顏崑陽先生的解釋是：「文學家以『用氣』的語言形式法則而表現出一種氣力充暢的藝術形相。」〔註19〕雖然對李、杜作品氣力充暢的「體貌」，謝榛一如歷代批評家，認爲自有「飄逸」與「沉鬱」的不同；但他的學習態度乃試圖融合兩者，取其精華；當然，此項學習的成果還得交由他人來評斷〔註20〕。

（六）

> 太白以天才勝，而人無太白之才；子美以人力勝，而人無

〔註17〕參見郭紹虞：《中國文學批評史》（臺北：文史哲出版社，1990年7月），頁590～594；引文見頁592。

〔註18〕王世貞《藝苑巵言》此處引謝榛語，雖意在譏諷謝氏無自知之明；惟其多半流於對人不對事。實則王氏大體亦主張兼學李、杜，例外的情況是他所謂：「太白之七言律、子美之七言絕，皆變體，間爲之可耳，不足多法也。」（卷4）參見丁福保輯：《歷代詩話續編》（臺北：木鐸出版社，1988年7月），頁1005～1006；引文見頁1066。

〔註19〕顏崑陽先生對「氣格」的總論是：「由『體格』觀念中分派出來，特別從『氣』以鑑識文學作品的體貌，可以說是「文氣」觀念與「文體」觀念結合而成的批評觀念，其理想相則以『雄渾』爲尚。」參見氏著：《六朝文學觀念叢論》（臺北：正中書局，1993年2月臺初版），頁350～355；引文見頁352、355。

〔註20〕關於謝榛並學李、杜且自信頗有收獲的言論，王世貞批評說：「謝茂秦年來益老詩，嘗寄示擬李、杜長歌，醜俗稚鈍，一字不通，而自爲序，高自稱許。……此等語何以溺自照！」（《藝苑巵言》卷7）同註18，頁1066。

子美之力。故必李、杜兼法，乃能相濟，豈必盡兼二公所
至，始爲盡善哉！（許學夷《詩源辯體》卷十八）

《詩源辯體》中有關「李杜論題」的探討，大致集中在二人的古
體詩作上；而引文（六）亦不出此疇範。許學夷的詩論頗受李攀龍「唐
無古詩而有其古詩」說法的影響，根據陳國球先生的研究，許氏對「唐
古（體）」的觀點，不斷在「漢、魏，李、杜，各極其至」和「李、
杜非漢、魏比」之間擺盪〔註21〕。儘管如此，許氏以李、杜爲唐代古
詩的兩大典範，其說則不容置疑；猶有進者，他還舉樂府詩爲例，讚
譽李、杜作品各極盡「才人之致」與「作者之能」（詳參「優劣論／
李杜並尊／才學之屬引文〔五〕」）。準此，他認爲創作者必當兼學李、
杜，調和他們的長處來增益個人的學養（無法、也無須盡二公所至），
方能在才、力均不及二人的情況下，由承襲走向創造。

（七）

論李、杜詩者，謂太白志存復古，少陵獨開生面；少陵思
精，太白韻高。然眞賞之士，尤當有以觀其合焉。（劉熙載
《藝概‧詩概》）

劉熙載此處覆述了歷來詩家關於「李白集復古之大成，杜甫開革
新的局面」（詳參「優劣論／李杜並尊／文體之屬」）的論點；而他認
爲，對於二人作品迥異的「體貌」，任何具有學養的批評者皆當予以
並觀，方得其全。

檢視以上的批評，將李、杜劃分爲「天才／人力」、「志存復古／
獨開生面」，或風格上「飄逸／沉鬱」對比的情形，與我們對「優劣
論」眾多批評的分析結果大致相同。只是誠如宋濂所言「能詩之士代
不乏人，終不能追蹤李、杜」，後代的學習者難免懷疑「李、杜既極
其至矣，後人顧反能兼之乎？」（《詩源辯體》卷十八）對此，前列批
評者起碼的共識是：並學李、杜固然無法保證學習者能盡得二人所有

〔註21〕說詳陳國球：《唐詩的傳承——明代復古詩論研究》（臺北：臺灣學生
書局，1990 年 9 月初版），頁 137、216。

的優點；但若能在二人的各種對比中自爲去取、調適，再加上積學日久，當能成一家之言。至於並學李、杜的詳細原因和方式，則尚可歸納如下：

1. 在創作上，雖然學杜（近體）較有法度可循，但爲了避免在杜詩強大的影響下流於蹈襲，或繩繩於安排格律；兼之學李，當可收快心（來自豪放）、率言敢語之功。其次，由於李、杜作品是兩款重要「文體」的極致表現，創作者若能通過並學二人來彌補才、力上的不足，長期以往必能成一家之言。

2. 如同個別學李或學杜者對二人古、近體詩作的取捨，主張並學者的實踐傾向也大致是：古體（特別是樂府）多取法李白，近體（特別是律詩）則多仿效杜甫。雖然其間亦有強調摹習二人的古體者（如許學夷）；惟其持論每因個人或宗派的詩觀而異（如許氏以「復古」詩觀立論），追隨者遠不如前者來得多。

3. 無論是創作抑或批評，以並學李、杜爲本，不但可做爲品第各家詩藝的基準，也是上溯《三百篇》，體會「風人之旨」的重要橋樑。

第五節　學習論的深層分析——原理與實踐層面

上文已將「李杜論題／學習論」的批評資料從「學李不學杜」、「學杜不學李」和「並學李、杜」三個面向分事研究，同時得到幾項結論；不過，我們尚可藉由「學習論」中部分第二序的，亦即個別討論李白或杜甫的批評，對之前的研究成果再做確認，或進一步深化這些結論。

其實在「學習論」中，並學李、杜也許是多數後代創作者的實際作爲；但就資料的數量而言，此系批評似乎還不如專意學李、特別是專意學杜者來得多。雖然我們已對這種「言行不一」的現象做過詮釋；但以下的討論，不妨更順此不同的思考和行爲模式，從原理和實踐兩個層面開始進行。

一、原理層面

省察先前的結論，對學李或學杜持有異議（不可學）的批評，其關鍵在於李、杜才性的認定，以及隨之而來的有無法度可循的懷疑。一般的情況或如趙翼所言：「讀者但覺杜可學；而李不敢學，則天才不可及也。」（《甌北詩話》卷二）但歐陽修的體會卻是：「杜子美才出人表，不可學，學必不致，徒無所成；故未始學之。」（何汶《竹莊詩話》）因此他選擇學李。另外，認為李白無法度可循的批評雖多，卻也不乏對反的意見；例如前引主張並學李、杜的宋濂即說二人「律呂可按、矩度可尋」，而李調元甚至從能入樂與否的觀點，指李白作品「無不有段落脈理可尋」（杜詩則闕焉），強調「學詩者必從太白入手」。

雖然，如同我們在「優劣論／李杜並尊／才學之屬」中的分析，由李、杜間「天才／人力」的對比延伸而來的「不可學／可學」的判斷，在批評資料間佔據較大的比例；但無可否認，這畢竟是個見仁見智的問題。至少就結果來看，一些標榜學杜的創作者（如王安石、陸游等），最終莫不以並學李、杜為歸。此處不妨回到本章最初的質疑：何以這些人覺得學李難以啓齒，私底下卻又不老實，極盡規摹之能事？

固然，無法否認李白詩作之佳是項重要因素；但根據我們的理解，對李白「天才不可及」的懷疑，或許才是他們言行不一的癥結所在。也就是說，在承認李白天才出眾的前提下，這些人並不真以為自己無法企及；因為，做為一個創作者，他們同樣認為自己的天才不容小覷。大凡一些謹慎的創作者，為了避免批評者將他們的天才在與李白比較之下，得到相去甚遠、不自量力的譏評（如謝榛之例），這項學習須得默默地進行；必要時，他們甚至會做出口是心非的批評，來掩飾學李的行徑。這樣的好處是，當他們自苦於天才不足、模擬不遂時，批評者將無從得知此乃學李不成所致；而倘若居然學李有成，自然能獲得批評者額外的讚譽。猶有進者，似乎基於一種默契，我們發

現對自己保有期許的後代創作者，大多執行著同樣的操作，在學習上不至偏廢。

據此，在「李杜論題／學習論」裡，批評者雖然屢以「杜可學、李不可學」的言論規誡後學；然而在思想上，不光後學，恐怕連批評者本身都想質疑、挑戰這項成見。另外，由於學習成果難以預先、或自行估計，使創作者對並學李、杜語多保留（故此系批評資料相對較少）；但在實踐上則全力施為。

二、實踐層面

在學習的實踐上，我們尚可從兩個範疇來分析。

1. 精神風貌的學習

以陸游為例，他嘗批評江西詩派諸人以「無一字無來歷」的觀點注解杜詩，說：「今人解杜詩但尋出處，不知少陵之意初不如是。……縱使字字尋得出處，去少陵之意益遠矣。」（《老學庵筆記》）陸游在學習上強調的「少陵之意」，根據今人曾棗莊的解釋：「就是杜甫憂國憂民忠君之心，就是杜甫的『竊比稷與契』的宏志。」〔註22〕同時，他也以這個態度批評李白「識度甚淺」（詳參「優劣論／杜優李劣」）；當然，關於這點，對反的意見也不算少（詳參「優劣論／李杜並尊／人格之屬」）。只是做為一個並學李、杜有成的詩人，陸游學李卻不僅在字句上摹擬而已。如同沈德潛所謂「青蓮負曠世才，有浩然之氣」，若捨棄這種精神風貌上的契合，學習的結果恐怕真會淪於「畫虎不成」；那樣，他就不會有「小李白」的稱號了。而王安石和黃庭堅等的並學李、杜，也是基於同樣的認知。黃庭堅〈跋李太白詩草〉嘗云：「觀此詩草，決定可知是胸中瀟灑人也。」（《山谷集・別集》卷十）合理推測，不論個人自道學李、學杜的去取為何，前引深具指標性的文人在實踐上並學李、杜的方式是：就精神風貌而言，學李瀟灑自放

〔註22〕參見曾棗莊：〈論宋人對宋詩的態度〉，《宋詩綜論叢編》（高雄：麗文文化事業股份有限公司，1993 年 10 月），頁 219～237；引文見頁 235。

的風度與浩然之氣，學杜憂國愛民的心念（註23）——並予以適當的調和，由傳承走向創造。

2. 語言風格的學習

以劉熙載爲例，做爲一個論李、杜詩有以觀其合的「眞賞之士」，他對如何並學李、杜的語言風格，曾個別申論曰：

學 李

1. 學太白詩，當學其體氣高妙，不當襲其陳意；若言仙、言酒、言俠、言女亦要學之，此僧皎然所謂「鈍賊」者也。（《藝概·詩概》）

2. 學太白詩者，常曰「天然去雕飾」足矣。余曰：「此得手處，非下手處也。」必取太白句意以爲祈嚮，盍云「獵微窮至精」乎？（同上）

學 杜

1. 杜詩只「有無」二字足以評之。有者，但見性情氣骨也；無者，不見語言文字也。（《藝概·詩概》）

2. 少陵云：「詩清立意新。」又云：「賦詩分氣象。」作者本取「意」與「氣象」相兼，而學者往往奉一以爲宗派焉。（同上）

他認爲即使李白詩「十首九說婦人與酒」（王荊公語，詳參「優劣論／杜優李劣」），也不過是借用樂府傳統的形體來發揮而已。

其實，學李有成的荊公在「婦人與酒」上便鮮少著墨——他自然不願淪爲「鈍賊」——合理推測，他對李白「體氣高妙」的殊勝處當有深切的認識；而陸游辯解「婦人與酒」云云非荊公之言，也是出於同樣的認識——對李白眞有體悟者不會對文字表相過度拘執。事實上，歷來似乎也沒有以「十首九說婦人與酒」的形式來學李的創作者。進一步歸納劉熙載的論述，雖然在他看來，文章多少是人格的表現，因此精神風貌的學習才是根本之道；但在語言的學

〔註23〕如劉熙載《藝概·詩概》所謂：「太白早好縱橫，晚學黃、老，故詩意每託之以自娛。少陵一生卻只在儒家界內。」即是他從並學李、杜的精神風貌得來的思考。見同註7，頁2426。

習上，他也提出自己的建議：對江西詩派以降堅持杜詩「無一字無來歷」的批評傳統，需做適當的調整，不應在語言文字上牽強附會，而忽略作者本意，與詩篇氣象經營的直接感悟。至於學李，則不妨「獵微窮至精」，從最基本的句意的摹擬做起，以「天然去雕飾」的藝術效果爲終極。

值得說明的是，上舉數例雖然對並學李、杜的方式提出了個人（但具有一定程度的代表性）的建議；然則，就實踐的成果來看，我們很難判斷他們是否「言出必行」——正如之前的分析，學得像不像、成不成事涉個人才能。不過，就批評資料而言，它們至少反映了並學李、杜，可能才是歷代創作者內心的祈嚮。另外，總結本節的探究，我們對並學李、杜的方法也獲得其它輔助性的觀點，整理如下：

一、若在精神風貌上做必要的劃分，可學李的瀟灑風度與浩然之氣，學杜的憂國愛民之心的表現。

二、在實際操作上，對杜詩「無一字無來歷」、專注於語言文字的批評傳統稍事鬆動，直探其作詩之本意，與文章氣象的經營方式；而學李則應嚴格地從句意的摹擬做起，以期達到「天然去雕飾」的藝術效果。

總結本章的論述，就學習論的批評資料而言，重點幾乎都落在「語言風格詮釋典範」上。其間雖亦涉及李、杜人格的探討，但若與「優劣論」中環繞「人格風格詮釋典範」的批評相較，它們的強調的，毋寧還在掌握二人特定的精神風貌，尤其是在作品中呈現的藝術形相，做爲「有法可循」的學習門徑。畢竟，論斷李、杜的優劣和親自追摹二人，批評和創作，著重點終究不同。

第四章　典範理論的進階思考與應用——從「李杜論題」到中國文學批評史的一項觀察

第一節　孔恩理論的發展與應用的再思考

　　將孔恩的理論應用到文學批評上，在國內外皆不乏知名實例。如前面章節所言，德國接受美學的先鋒姚斯曾說自己「一直使用孔恩的模型」；至於國內學者，則有余英時先生〈近代紅學的發展與紅學革命〉一文（以下省稱為〈近代〉），以及龔鵬程先生在《詩史本色與妙悟》（以下省稱為《詩史》）的導論部分嘗聲明引用——前者實踐到「紅學」學術史的分析上，後者用作重建中國文學理論在思想上的觸媒。暫不細論姚斯如何套用孔恩的模型——其實，就「典範」取代過程基於「創造性的斷裂」和「革命性的突變」這種觀點而言，兩者並無不同；但是，在省察余、龔兩位先生對孔恩理論的運用方式之後，我們卻不打算蕭規曹隨——以他們選擇性的、簡要的操作為基礎，我們或可進行較為全面的、複雜的嘗試。

　　余先生〈近代〉一文在解釋自己的理論來源後不忘補充說：「（本文）關於孔恩的科學史方法論的陳述決不夠全面。……而我的選擇則是有重點的，即以其中可以說明近代紅學發展的部分為斷限。」

（《歷史與思想》，頁 386）在他看來，孔恩理論中的「典範」說和「危機」說特別和他的論旨相關，因而順理成章地應用。龔先生雖少了這層說明，但其對中國文論的思考，大體仍集中在「典範」說的應用上。

　　余先生曾說：「孔恩結構一書中的理論系統極盡精嚴與複雜之能事。」（同上）據此，雖然「典範」是孔恩理論中的一個關鍵概念；但如果願意精嚴、複雜一點（也就是更接近孔恩理論的原貌一點），我們在文學批評上的應用或不須以「典範」說為限。另外，孔恩認為「律法」（理論）和「定義」的信念本不相同：「律法經常可以逐步修正，但是定義因為是同義反覆，所以不能修正。」（《科學革命的結構》，頁 243）它們的構成可表示為：a=bc。a、b、c 各有定義，而彼此關係的建立則為理論（律法）。事實上，將「典範」從《結構》一書的理論系統獨立出來研究雖無不可，但這不免像在定義上述的 a、b、c，對於 a=bc 的理論上的代表性，恐怕還不充分──特別是在孔恩已多次修正《結構》中的律法之後。

　　《結構》一書發表以來，誠如龔先生所言：「一時洛陽紙貴，……人文學科與社會科學各方面，也都廣泛移用這套理論來處理學術的發展問題。」（《詩史》，頁 3）但各學界對孔恩理論提出的質疑和挑戰自亦不少。這促使他在一九六九年為該書的日譯本寫了篇頗具份量的〈後記〉（postscript），試圖答覆某些不斷出現的批評論點，並解釋自己思想的發展方向。為了有效解決環繞「典範」概念的一些困境，他在理論上最主要的修正是：更加強調「科學社群」（即『社群結構』，因這裡處理對象是科學，故名之）的重要性，並對「不可共量性」的觀點進行更細緻的說明。我們認為，除了「典範」之外，上述孔恩藉由修正理論而發展的思考，也能為「李杜論題」中一些現象作成有效解釋；因此，底下我們將從修正過的「科學社群」和「不可共量性」等觀點談起，然後漸及「李杜論題」的批評資料的省察，以進一步詮釋、並深化前面章節歸納得來的論述。

第二節　典範操作的社群結構——從「科學社群」到「文學批評社群」

本來，孔恩在解釋「典範」和「社群結構」的意義時曾說：「一個典範便是一個科學社群的成員所共享的東西，以及，反過來說，一個科學社群由共享一個典範的人組成。」（《結構》，頁 235）這種邏輯上的循環無疑是一項困境的源頭；但是，孔恩卻辯稱並非所有論證的循環性都是有缺陷的——比方說，他所討論的觀點及其後果，並未被它一開始所依據的觀察所窮盡——事實上，這個稍嫌無力的說法最終被一項具體行動取代：〈後記〉一開始他就在不訴諸典範的情況下先界定科學社群。

根據孔恩的補充說明，一個科學社群乃由一個專門科學領域中的工作者組成，我們將其基本特徵歸納爲：一、這群人都受過同樣的教育和養成訓練；二、他們都閱讀過同樣的文獻，並從這些文獻中抽繹出相同的教訓；三、這個社群內容許派系存在，他們以不同（甚至不相容）的觀點探討同一論題——派系間雖不乏競爭，但通常很快結束；四、社群的成員往往認爲，他們是唯一被賦予追求（某種）共同目標的任務的人，包括訓練他們的接班人，而別人也如此看待他們。在這樣的社群中，溝通不成問題，專業判斷也相當一致。至此，孔恩才接著表明「典範」即是這個團體的成員所共享的東西。然則，正由於不同群體的注意力集中在不同的事物上，彼此之間涉及專業的溝通便十分費力，而且常常從最初的誤解引發無法預知的、重大的歧見。

孔恩認爲，一個科學社群所執行的研究模式，一般而言外人難窺其堂奧，因爲他們：「以解謎爲主要任務；這只有在它的成員將他們領域中的基本觀點視爲當然才能進行。」（同上，頁 238）然後，一個特別的典範操作（一種朝向成熟的轉變——孔恩語）的結果便出現了：「這種典範能界定具有挑戰性的謎題、提供解謎的線索、並保證只要你眞的夠聰明必能解答。」（同上）當然這樣的轉變，不免犧牲掉一些重要的東西；但是，那也只有以自己的領域（或學派）也有典

範爲理由來接受這個典範的人，才能感覺得到。

　　孔恩相信在對科學社群較爲清楚的勾畫之後，應該有助於他創造
一個不同的印象。對原先強調必定經過「大破大立」的科學「革命」，
他修正說：「一個革命是涉及某種重建團體信念（group commitments）
的一種特殊的變遷。但他不必是一個大的變遷，對於一個單獨社群之
外的人而言，它也不必看來有革命性。」（同上，240）而這種形態的
變遷，可能以小規模的層次經常發生。猶有進者，《結構》原書中曾
揭示一個科學傳統的生命過程，大致可理解爲常態科學、危機和革命
三部曲的線性關係；但在〈後記〉裡，他卻對上述「關係」提出更具
彈性的解釋說：「我的論證並不依賴『危機是革命的一個絕對必要的
條件』這一前提。」（同上）他建議不妨將危機的角色，視爲一個自
我矯正的機制，以保證常態科學的嚴密性不至於不容質疑和挑戰。

　　前面章節我們移用了孔恩的典範概念來分析「李杜論題」的批評
資料，並歸納出一些結論。然則，在孔恩對自己的思想提出若干修正
後，他的理論的發展方向，不但沒有與我們的研究產生扞格，反倒像
量身定做般更能有效解釋「李杜論題」間的一些現象──由此可見，
各個學科史的研究顯然具有共通性；包括彼此遭遇的問題和解決方
式。對應於「科學社群」此一社群結構，我們可從「李杜論題／優劣
論／杜優李劣」的再反省，來發展進一步的詮釋。

　　杜詩的箋釋，自宋代以降一直是顯學，到清代甚至已號稱千家；
相形之下，李白的作品顯得倍受冷落──除選本外，在清王琦《李太
白集輯注》成書前，所見僅有楊齊賢、蕭士贇和胡震亨三家。這種情
況多少也反映在「李杜論題」上。事實是，「杜優李劣」判斷的批評
資料在「優劣論」間占據了頗大的比例。在歷代尊杜、宗杜的思潮中，
江西詩社（派）可說是最具代表性的團體，這群人之爲「社群結構」
殆無可疑〔註1〕；至少批評者是這麼看待、或編派他們的〔註2〕。但

〔註1〕龔鵬程先生在研究江西詩派諸成員間的關係之後說：「凡宗派中人，
　　　　非戚屬，則世誼，……雖然，此類關係，乃不證而明者，世亦知之

若慮及「人格風格詮釋典範」操作上的共同信念，這個社群或不當以
江西詩派為限。首先，我們不妨利用孔恩界定的社群結構的基本特
徵，檢視「杜優李劣」判斷中的批評資料和前章歸納的成果。

　　前文提及，根據羅大經的考察，「杜優李劣」判斷之所以成為宋
代風行的觀點，主要是文壇的領袖人物登高一呼的結果。蘇軾〈王定
國詩集敘〉云：

> 太史公論詩，以為國風好色而不淫，小雅怨悱而不亂。以
> 余觀之，是特識變風、變雅耳，烏睹詩之正乎！昔先王之
> 澤衰，然後變風，發乎情，雖衰而未竭，是以猶止於禮義，
> 以為賢於無所止者而已。若夫發於情、止於忠孝者，其詩
> 豈可同日而語哉！古今詩人眾矣，而杜子美為首，豈非以
> 其流落饑寒，終身不用，而一飯未嘗忘君也歟？

東坡這條著名的意見，可說為此後尊杜的批評者奠定了思維的方向，
並揭示了價值的判準〔註3〕。自唐元和年代起，李、杜之為唐詩兩大
典範的地位便趨於穩固，宋人（乃至後繼學人）要向前代學習，當然
不能不閱讀兩人的作品。另外，就執行「杜優李劣」判斷的眾多批評

　　　　甚稔。另有一類關係，則昔人尚罕抉發，今嘗試為之論定者，諸人
　　　　之學術關係是也。」在他看來，江西諸人除了宗族交誼上的關係外，
　　　　就學術淵源而言，也大抵出自呂滎陽、楊龜山二路，且與理學家關
　　　　係特深。參見氏著：《江西詩社宗派研究》（臺北：文史哲出版社，
　　　　1983年10月初版），頁283～291；引文見頁283。以這些關係為背
　　　　景，並據其宗杜、學杜的現象以觀，說他們符合孔恩定義下的特定
　　　　「社群結構」，當無問題。

〔註2〕自呂本中《江西詩社宗派圖》大致擬定該詩派的成員名單後，繼起的
　　　　批評者尚不乏在其基礎上另作增刪；例如，汪辟疆編《江西詩派十
　　　　八家詩鈔》，即在山谷前敘列歐陽修、王安石兩家，並將元遺山納入
　　　　派中，廣錄其詩作。關於江西詩派的產生，詳參同註一，《江西詩社
　　　　宗派研究》，頁203、234。

〔註3〕陳文華先生在詮釋這條意見時，曾說：「以東坡在當時文壇的地位，
　　　　一言之發，重逾九鼎，後繼者遂風起雲湧，紛紛在此一課題上，提
　　　　出類似或補充的觀點。」並援引數例證明之。參氏著：《杜甫傳記唐
　　　　宋資料考辨》（臺北：文史哲出版社，1987年11月初版），頁205、
　　　　217。

者而言，他們從作品中抽繹出來的共同信念，即在「人格風格詮釋典範」——以『忠君、愛國、憂民』等儒家思想爲內容——的操作，甚至更據以推廣，如劉熙載所謂：「持此以等百家之詩，於杜陵乃無遺憾。」（《藝概・詩概》）雖然，其間偶有逸出「人格風格詮釋典範」來優杜劣李的批評（如李攀龍、朱舜水、尤珍等，說詳「優劣論／杜優李劣」）；惟其數量有限，彼此的觀點也缺乏共識，因而沒能撼動主流的批評體系。至於在此系判斷中，前代的批評者對後繼者的指導作用，我們可以從資料中清楚地發現：後代的批評者不斷重覆與前人相同、或至少相彷彿的批評；甚至，乾脆鈔錄前人的批評來表述、取代自己的見解〔註 4〕。如果我們稍微弱化孔恩對社群成員間關係的解釋，從他們共享一個「詮釋典範」的特徵著眼；那麼，將「杜優李劣」判斷中的歷代批評者視爲特定的「社群結構」，仍具有一定的論證效力。而考量孔恩在定義「典範」和「社群結構」彼此關係時的循環狀態（如上述），以及他在概念使用上焦點的遊移，也容許我們做這樣的解釋。

只是我們仍有以下合理的懷疑。無論孔恩如何「轉移」典範和科學社群在他的理論間的比重，他必須對科學史的發展提出解釋。雖然，孔恩在〈後記〉中試圖淡化「革命」一詞在語言使用上的積極意義，但他的主張基本上沒什麼改變，亦即：科學史的發展，由典範轉移引起的科學革命所促成。其次，因爲典範是一個科學社群所共享的東西，典範轉移也就意味這個團體遭到取代。根據這項理論，反觀「優劣論／杜優李劣」中的現象，貫穿數代的意見相彷的批評群體，一直佔有詮釋上不容挑戰的主導權，操作著不移的「人格風格詮釋典範」，這是否表示中國文學批評史（至少從「李杜論題」看來）缺乏所謂「創

〔註 4〕例如從王安石發端，在尊杜之外批評李白「識見污下，十首九說婦人與酒」的說法，即被金王若虛和清孫枝尉等全盤接收，並加以覆述，當作自己的主要論點。自然，這也是一條著名的意見。詳參前章「優劣論／杜優李劣」。

造性的斷裂」和「革命性（而非累積性）的變遷」；也就是說，缺乏孔恩定義下的發展性？恐怕是的。

當然，就文學批評史而言，具不具備孔恩所謂的發展性，不該是價值判斷的唯一標準；但如果我們說，「人格風格詮釋典範」的操作模式早在「李杜論題」之前便已發展成形（詳下文）；或者在「杜優李劣」的批評當中，容許「看來不具有革命性」（孔恩語）的特殊變遷存在——它可能只是同一個典範在操作技巧上的漸趨成熟——那麼，我們依舊能在不生扞格的情況下——包括承認從某種角度看來，中國文學批評史的發展的確停滯不前——繼續借用孔恩的模型進行論述。

由於範疇的設定，前面章節的研究多半落在理論批評上；但為了更深入探討抱持「杜優李劣」觀點的批評社群如何操作「人格風格詮釋典範」，以下我們嘗試從實際批評的層面略事分析。

導論提及，我們對「詮釋典範」的界定，除了源自批評資料的省察之外，也頗參考顏崑陽先生對「人格風格」和「語言風格」的分析；而為了更從後設批評的視角，探索「李杜論題」內部理論和實際批評的操作情況，我們不妨再借用顏先生提出的「情志批評」與「文體批評」的概念〔註5〕，以利研究。大致說來，「文體批評」即是「以文體知識作為批評的主要理論依據，而其批評的終極標的也是在乎詮釋或評價作品是否完滿地實現某一文體的美學標準。」（《六朝文學觀念叢論》，頁215）至於「情志批評」的特點，我們將之整理如下：

一、它以闡發特定作品的意蘊（尤其是隱微的旨趣）為目標，試圖感知（甚或宣稱確知）在面對特定的、個別的事實經驗時，作者內心的情感或意向。

〔註 5〕根據顏崑陽先生的觀察，中國文學批評大致可分為「情志批評」和「文體批評」兩個體系。詳參氏著：〈文心雕龍「知音」觀念析論〉，《文朝文學觀念叢論》（臺北：正中書局，1993 年 2 月臺初版），頁 188、245。

　　二、它的具體操作，是將孟子「知人論世」和「以意逆志」的主、客觀方法交替運用：從作品中選取論證起點後，批評者客觀（相對而言）地對作者身處的時代、環境和行誼進行考察，以其結果做爲主觀『意逆』——包括在詮釋之前對作品形成通盤理解，確定詮釋的方向；或者證實其詮釋的有效性——的資據。然後兩者形成一種循環〔註6〕。

　　關於兩組概念的層級關係是，「人格風格」和「語言風格」皆屬於「文體批評」的次類。

　　從「李杜優劣論」來看，歷代的批評大多以李、杜作品的整體爲對象，而非針對個別作品寄託的言外之意，進行章句的意義詮釋；因此它們不算「情志批評」，而是「文體批評」。然則隸屬於「文體批評」的「人格風格」概念，究其價值判斷的形成，也常以「情志批評」的詮釋爲基礎。回到「李杜論題」的脈絡，我們發現，「人格風格詮釋典範」間意義的取得和證立，確實多倚重「情志批評」的詮釋；而在「杜優李劣」判斷中，這項「實際批評」的手法和成果，更獲得普遍的認同。即以「情志批評」來說，其詮釋傳統一如「文體批評」，早在漢代箋注《詩》、《騷》時已開其端，並獲得充分的發展。據此，我們自然不易從「杜優李劣」的批評史料中，看到符合孔恩原始意義的發展現象——只觀察到「情志批評」如何落實、操作，並提供「人格風格詮釋典範」必要的詮釋基礎，最後爲「杜優李劣」判斷提出有力（特別是這個「批評社群」）的證據。猶有進者，論及「情志批評」的實際操作，我們不妨舉宋人對杜甫〈杜鵑〉詩的解說爲例，以茲說明。

　　　西川有杜鵑，東川無杜鵑。涪萬無杜鵑，雲安有杜鵑。我
　　昔遊錦城，結廬錦水邊。有竹一頃餘，喬木上參天。杜鵑

〔註6〕就邏輯而言，這顯然是一種循環論證。面對同樣邏輯謬誤的指責，孔恩一如前述辯駁說他所討論的觀點的後果，並未被它一開始所依據的觀察所窮盡；然則，他也質疑：嚴格的邏輯論證在科學活動中十分重要嗎？這是科學史上一個未有定論的有趣問題。在文學和文學批評的研究領域裡，這或許也是個見仁見智的問題。

暮春至，哀哀叫其間。我見常再拜，重是古帝魂。生子百鳥巢，百鳥不敢嗔。仍爲餧其子，禮若奉至尊。鴻雁及羔羊，有禮太古前。行飛與跪乳，識序如知恩。聖賢古法則，付與後世傳。君看禽鳥情，猶解事杜鵑。今忽暮春間，値我病經年。身病不能拜，淚下如迸泉。(杜甫〈杜鵑〉)

在此系批評模式下，較具代表性的詮釋有：

（一）李新認爲此詩的「創作意圖」在「譏當時之刺史有不禽鳥若也」（〈辨杜子美杜鵑詩〉，《東坡題跋》卷一）。他對章句的選擇性詮釋是：「嚴武在蜀，雖橫斂刻薄，而實資中原，是西川有杜鵑。其不虔王命，負固以自抗，擅軍旅，絶貢賦，如杜克遜在梓州，爲朝廷西顧憂，是東川無杜鵑也。」（同上）據此，他更發明詩意說：「凡其尊君者謂有也，懷貳者爲無也，不在杜夫杜鵑之眞有無也。」（同上）

（二）《九家集註杜詩》卷十一於〈杜鵑〉詩下，有一條舊說云：「上皇平蜀還，肅宗用李輔國謀，遷之西內，上皇悒悒而崩，此詩感是而作。」此說來源雖不可考；但顯然在黃山谷之前即已形成（他嘗據之爲詩），而且影響頗大。

（三）黃山谷承繼上說，在〈書磨崖碑後〉詩中除了渲染肅宗的不孝行爲，更對肅宗於靈武即位一事表達不滿；因此，他認爲杜甫〈杜鵑〉詩無疑是據此而發的，「忠臣痛至骨」的作品。

（四）與山谷同時的李之儀，甚至以上述同一件史事爲基礎，作〈跋山谷讀中興頌詩〉一文仔細詮釋〈杜鵑〉詩的章句，如：「『哀哀叫其間』者，哀其播遷而終不反正也。『見而再拜』者，痛憤其失所也。……」（《姑溪居士文集》卷三十九）然後他的結論是：「聖人之言以法萬世，故能吟詠情性，以諷其上；而《春秋》不沒其實以一字褒貶者，正在於此。」（同上）〔註7〕

這四則資料，完全展現了「情志批評」以「作者本意」爲詮釋目

〔註 7〕以上的觀點，多取資自陳文華先生的論述。陳先生嘗舉此例，說明儒家的詩教觀如何引導宋人的批評態度。參見同註 2，頁 232、238。

標的操作模式。其次，從李新、黃山谷到李之儀，三人最終都以「尊君」、「忠臣」、「聖人之言」爲結，將批評導向評價性效用來看，這種結論，與「杜優李劣」判斷根據「忠君、愛國、憂民」思想爲判準的情況，也幾乎沒有差別。由此顯見，說「人格風格詮釋典範」以「情志批評」的意義爲基礎，實具備一定的可驗證性。

另外，正如我們在「優劣論／杜優李劣」中所言，就「人格風格詮釋典範」的選擇和操作，清代批評者的嫻熟度不僅直追宋代，甚至猶有過之；當然，這種情況也反映在「情志批評」上。從宋至清，即使批評系統內部的變遷無法滿足孔恩的「革命性」觀點，還不能被視爲發展（沒有任何典範被取代）；即使如此，我們仍可自同一典範所援引的資料中，發現它朝更精緻、完熟（也許不乏累積性）的操作型態改變。清代的「情志批評」，乃在原先「知人論世」和「以意逆志」的基礎上，加入「詩史」意涵和「比興」語言的預設來箋釋杜詩，甚至將適用對象擴展到李白、李賀及李商隱等人〔註8〕。我們不妨再舉清人對李白〈蜀道難〉的解說爲例，以突顯這段時期的操作實況。以下，即是運用「情志批評」詮釋此詩「作者本意」的幾種代表性推論：

（一）認爲是刺嚴武危害房琯和杜甫而作：持論者有《新唐書‧嚴武傳》、范攄（《雲溪友議》卷上）、錢易（《南部新書》、楊齊賢（《分類補注李太白詩》卷三）等。

（二）以爲是諷章仇兼瓊伐吐蕃而作：沈括（《夢溪筆談》卷四）、胡仔（《苕溪漁隱叢話》前集卷五引《洪駒夫詩話》）、仇兆鰲（《杜詩詳注》卷十仇注〈寄題杜二錦江野亭──附嚴武詩〉）等。

（三）指安史之亂時，因唐玄宗幸蜀而作：蕭士贇（《分類補注李太白詩》卷三）、沈德潛（《唐詩別裁集》卷六）、《唐宋詩醇》卷二、

〔註8〕顏崑陽先生對這個時期「情志批評」實踐情況的分析是：「『詩史』以言其作品內容意義，須能以主觀之情志關懷時代，諷諭現實。『比興』以言其作品語言形式，須能比物連類，含蓄委婉。二者辯證融合，就是他們理想的詩歌範型。」見氏著：《李商隱詩箋釋方法論》（臺北：臺灣學生書局，1991年3月初版），頁13。

陳沆（《詩比興箋》卷三）等。以蕭氏而言，他對章句的比附方式例
如：「『問君西遊何時還』者，『君』字實指明皇，非泛然而言，猶子
美〈北征〉詩『恐君有遺失』及『君誠中興主』之義。」另外，他更
自剖其詮釋觀點云：「嘗以全篇詩意與唐史參考之，……太白此時蓋
亦深知幸蜀之非計，欲言，則不在其位；不言，則愛國憂君之情不得
自已，故作詩以達意也。」

　　（四）認爲送友人王炎入蜀而作：詹瑛（〈李白「蜀道難」本事
說〉，《李白詩論叢》）；詹氏解釋說：「苟能貫通全集並詳考太白之身
世，則此詩之背景亦可探悉。」〔註9〕

　　從上述批評對章句的詮釋以作者「創作意圖」爲念，並選擇史
料來比附特定的論點──將詩意與唐史、李白身世等結合──，甚
至頗有抬出李白「愛國憂君」之語，將結論導向評價性效用的情況
來看，「情志批評」的運作方式一如既往；不過施用的對象，顯然已
不限於號稱「詩史」的杜甫（可參照「優劣論／李杜並尊／人格之
屬」）。值得注意和驗證的是，這些批評如同前述，多集中於宋、清
兩代。

　　我們已舉李、杜爲例，說明「情志批評」實際操作的情況，以及
它如何成爲「人格風格詮釋典範」的評判基礎；但做爲一種文學批評
的方法，它的「解謎」意味卻愈來愈重。對此，我們的觀察結果是，
後繼的批評者往往在操作這些典範概念後，直覺他們已經掌握了解謎
的線索，也自認爲夠聰明（那是必要條件），足以爲任何謎語提供解
答〔註10〕。

〔註 9〕以上的整理，多參考俞平白、樊興和詹瑛諸位先生的資料彙編。詳見
　　　　俞平白：〈「蜀道難」說〉，收入徐少知編：《李太白研究》（臺北：里
　　　　仁書局，1985 年 5 月 20 日），頁 323～349；樊興：〈「蜀道難」的寓
　　　　意及寫作年代辨〉，同前書，頁 384～398；詹瑛：《李白全集校注彙
　　　　釋集評》（天津：百花文藝出版社，1996 年 12 月第 1 版），頁 290、
　　　　315。
〔註10〕以李商隱詩的箋釋爲例，從程夢星、馮浩一路到張爾田，都毫不懷疑
　　　　自己的客觀，並對前者的箋釋多所駁斥；不過，張氏雖自認「務使

其實，並非只有在不同領域、接受不同典範的人，才感覺得到
「人格風格詮釋典範」（特別是倚重『情志批評』）的操作仍有瑕疵。
如顧炎武《日知錄》卷二十六「新唐書」條即說：「〈嚴武傳〉，李白
作〈蜀道難〉者，乃爲房、杜之危也；此宋人穿鑿之論。」而錢謙
益更批評梁權道、黃鶴等人爲杜甫製訂年譜時「編次後先，年經月
緯，若親與子美游從，而籍記其筆札者。其無可援據，則穿鑿其詩
之片言隻字，而曲爲之說，亦近于愚矣。」（《杜詩錢注‧箋杜總論》）
因此他總結說：「近日之評杜者，鉤深抉異，以鬼窟爲活計。」（同
上）同時，爲了有別於他所批評的對象，他的作法是：「今據吳若本，
識其大略，某卷爲天寶未亂作，某卷爲居秦州、居成都、居夔州作，
其紊亂失次者，略爲詮訂；而諸家曲說，一切削去。」（同上）雖然
錢氏已意識到過度使用「情志批評」可能導致詮釋上的迂曲（恣意
解謎）；但從他的作法看來，似乎只是五十步和百步——較爲「識其
大略」地操作「情志批評」——的差別而已。不過，對於批評社群
之外、接受不同典範的人來說，這種「特殊」的小變遷，恐怕更難
與革命的一般意義扯上關係。

由此可見，就抱持「人格風格詮釋典範」來優杜劣李的批評社
群而言，他們在方法上的嚴密性與合理性，雖不至於不容質疑；但
只要抬出「忠君、愛國、憂民」的思想作爲最高判準（如蘇軾所言），
不管彼此討論的範疇是否一致，幾乎都能解決問題，同時確保操作
「人格風格詮釋典範」的社群在批評活動中的優位性。在這種情況
下，「語言風格詮釋典範」的聲音自然汩沒不彰。

如前所述，孔恩爲因應典範概念的修正，在〈後記〉中轉而強調

行藏隱晦，與作者『曲衷謎語』，不隔一塵」，卻也遭到岑仲勉的否
定。因此，顏崑陽先生的結論是：「這個系統所獲致的箋釋效果，是
虛構了一套『神話式的李商隱詩原意』。」（同上，頁130）今人蘇雪
林承此箋釋傳統，乾脆將其著作名爲：《玉溪詩謎正續合編》（臺北：
臺灣商務印書館，1988年1月初版）。據是，這個批評系統的「解謎」
特性昭然若揭；當然，李、杜詩也不免被視爲暗藏謎語的作品。

「社群結構」的分析；而移用這項延伸的理論，也讓我們得以對「李杜論題」中影響深廣的「優劣論／杜優李劣」的批評資料，以及先前歸納所得的結果，提出有別既往的解釋。參酌孔恩的定義，我們文中所指的共同操作「人格風格詮釋典範」的批評者，大致符合社群結構的特徵，是一個長期掌握詮釋優勢的跨代集體。基於這個前提，並相應於「李杜論題」，我們可導出以下觀點：

一、由宋至清的中國文學批評史，在理論上顯然缺少發展性；只有一種內在的，朝向成熟的轉變。

二、做為主要方法之一的「情志批評」，其操作過程通常帶有「解謎」的特質；而解謎的線索，則多來自於詩意、作者身世和歷史事件之間的牽附。當然，解謎的能力和其它價值判斷一樣，在應用上並不是沒有歧義。

三、運用「情志批評」的一般情況是，作品的語言藝術很難獲得深刻的分析，與相應的評價。

第三節　典範的「不可共量性」與「溝通」

龔鵬程先生在《詩史》中說：「『典範』是一種特定的連貫的認知傳統，一群人若認同於一個共同接受的典範，他們便說著同樣的語言，反之則難以溝通。除非雙方能夠翻譯到一個中立語言去，否則兩者無可比較，不可共量。」（頁 4）這是他對孔恩「不可共量性」此一概念僅有的說明。傅大為先生〈科學的哲學發展史中的孔恩〉一文則認為，如果為了理解其它知識系統，我們就得預設一組兩個系統共有的觀念和指涉（不妨稱之為 A 集合），以此類推，面對不同系統，彼此各異的 B、C 等集合自然會被接連提出；只是這麼一來，我們可能要注意：「也許 A、B、C 等集合有一個交集 X（按，即中立語言），但這個太狹隘的 X 不能幫助我們了解任何科學史的內容。」（《結構‧導言》，頁 16～17）在他看來，孔恩的「不可共量性」不過是突顯 A、

Ｂ、Ｃ的存在而已。

我們很難挑剔龔先生對「不可共量性」的理解；但關於「翻譯」的問題，我們或能進行補充。孔恩在〈後記〉中認為，科學史家在處理不同的科學理論所做（或應該做的）是：「每一個人都學會了將別人的理論與結果譯成自己的語言，同時也能以自己的語言描述使用那個理論的世界。」（《結構》，頁 262）雖然，孔恩所謂的翻譯活動有時隱含了他的呼籲；但我們不難發現，這項活動強調的應該不在「雙方能夠翻譯到一個中立語言去」〔註11〕，而是「設身處地」進入對方的認知系統——正如一九四七年孔恩閱讀亞里士多德的戲劇性經驗——他的出發點是：「在科學史上的原典中，尋出一個使這部原典像是出自一個理智清明的人的手筆的讀法。」（同上，頁 14）

翻譯的目的在於溝通，但根據孔恩「不可共量性」的觀點，對不同社群、接受不同典範的人而言，他們的溝通無可避免是不完全的。以一項理論 Ａ 為例，即使它得到操作理論 Ｂ 的社群的適當的翻譯，和充分的理解；然則，在理論抉擇上的辯論，與邏輯或數學的證明畢竟不同，即使理論 Ａ 優於理論 Ｂ（比方說能更周延地說明某些現象），問題是，我們如何讓操作理論 Ｂ 的社群轉而服膺理論 Ａ？孔恩的答案是動用「勸說」的手段。猶有進者，他認為對理論選擇做出有效決定的，通常是那個由專家組成的社群，而不是它的個別成員。所以他說：「你必須了解的是一套特定的共享價值，與一個專家社群所享的特定經驗的互動方式。」（《結構》，頁 260）

以下我們將焦點轉回「李杜論題」。在「優劣論」中，「人格風格詮釋典範」和「語言風格詮釋典範」在一般的情況下，即被視為兩個不可共量的認知系統。先前的研究結果顯示，在服膺「人格風

〔註11〕孔恩在解釋「不可共量性」時甚至說：「沒有供選擇理論用的中性算則，也沒有能使一個團體中的每一個人只要正確地應用便能做出同樣決定的系統性的決策程序。」參見孔恩著，王道還等譯：《科學革命的結構》（臺北：遠流出版事業股份有限公司，1994 年 7 月 1 日新版 1 刷），頁 260。

格詮釋典範」的社群裡，特定的共享價值是「忠君、愛國、憂民」等儒家的道德思想；至於操持「語言風格詮釋典範」的社群，就「優劣論／李杜並尊」的分析來看，它們的思考層面至少涵括：一、以詩人總體作品體貌上的「神似」判斷爲基礎，向下連類、或往上溯源作家和作品；二、從作品「文體」的實際閱讀經驗，考察其於體製、體要、體貌間的整合程度；三、根據以上兩點，對詩家的才性或學養提出綜合判斷，等等。另外，毫無疑問，我們所選取的代表性批評，都出於孔恩定義下的專家之口。而在專家眾口鑠金的擇定典範後，社群成員所參與或貢獻心力的部分，即在促進批評內部朝向成熟的型態去轉變。

從「優劣論」中幾項判斷的批評資料來看，「人格風格詮釋典範」和「語言風格詮釋典範」似乎存在範疇各異、不可共量的情形；那麼，翻譯活動的可能性何在，或者如何進行？我們認爲，翻譯活動的確存在，並藉創作上必要的學習過程來實踐。以王安石和陸游爲例，二人都是「杜優李劣」判斷中具有代表性的批評者（專家），且都從「人格風格詮釋典範」的觀點分別批評李白「識見污下（十首九說婦人與酒）」、「識度甚淺（淺陋有索客之風）」。然則根據「學習論」的分析，王、陸二人不但循「語言風格詮釋典範」的視角，對李白作品的藝術成就有深刻的體認；而且在這項認知基礎上，他們學習李白的成就，也獲得後人一定的重視。由此可見，翻譯活動除了是二人（專家們）自主的選擇之外，溝通對他們來說，幾乎毫無困難。只是在批評者和創作者兩種身分的轉換間，這個社群的成員產生了言行不一的現象。

「李杜論題」自唐代元和時期形成以降，便成爲歷代詩（論）家（專家）必得處理的中心課題。經由他們的批評和據以累積的資料，更爲後繼者提供掌握此一論題的思維模式；即「人格風格詮釋典範」和「語言風格詮釋典範」。這兩個典範在理論上固然不可共量，但試觀其隸屬的社群的詩（論）家的示範，以及後學的仿效，典範

間的溝通即使以個人爲主，也幾乎沒有問題。只是，這項溝通能否實現，通常取決於操作主體是個創作者（或學習者）此一條件上；因此「勸說」變成了非必要的手序。另外，這些創作者往往身兼批評者，但在處理「李杜論題」時，他們卻多半淡化自己的創作者身分，全從批評者的立場出發，並選擇操作「人格風格詮釋典範」來優杜劣李——至少從資料看來，他們傾向以這種面目示人。

以學習李白或並學李、杜的方式來涵養自己的創作實力，原是極其自然的事——尤其當「李杜論題」形成之後——然則對他們而言，卻成了難以啓齒的事，道理何在？我們在「學習論」中的解釋是，由於李白之爲天才的名氣太響（從其作品可證所言不虛），縱使後繼的創作者認爲自己的才情不遑多讓，難免心下猶疑；因此，即便付諸實際的學習，也多半三緘其口，以免遭來不自量力的譏評。無論如何，在這種情況下「語言風格詮釋典範」還能得到應有的認識。但接下來的問題是，在那種情況下，或基於什麼考量，會導致溝通的中止，讓批評者暫時摒棄他們的創作者（或學習者）身分，進而在「優劣論」中做出「杜優李劣」的判斷？

劉熙載《藝概·詩概》云：「太白早好縱橫，晚學黃、老，故詩意每託之以自娛。少陵一生卻只在儒家界內。」若從「人格風格詮釋典範」——以「忠君、愛國、憂民」等儒家的道德思想爲判準——進行考量，優杜劣李的情況或可說是順理成章；但正如我們在「優劣論」和「學習論」中的分析，這項批評的結果，通常演變成在否定李白的同時，對於杜詩在語言藝術上的高度成就，不免也一併忽略。徐復觀先生對這類現象的解釋是：「儒家所開出的藝術精神，常須要在仁義道德根源之地，有某種意味的轉換。沒有此種轉換，便可以忽視藝術，不成就藝術。」〔註12〕在徐先生看來，儒家要成就的重點與其說是藝術，毋寧說是道德要求下個人人格的完成，文章其餘事也。雖然，遵

〔註12〕參見徐復觀：《中國藝術精神》（臺北：臺灣學生書局，1992年7月第11印），頁136。

循「人格風格詮釋典範」，並不意味須得拒斥「語言典範」的價值；但若以「人格風格詮釋典範」為唯一的、絕對的價值所在，那麼在「杜優李劣」判斷中，「語言風格詮釋典範」遭到冷落的現象，就不至於讓人感到意外；更何況，經過這個社群的專家（同時是中國文學史上的著名詩〔論〕家，如前舉王安石、陸游等）在批評上的親身示範，並基於價值的共享，後繼的成員自然有樣學樣。

藉由以上的探討，我們認為，就處理「李杜論題」的批評途徑來看，其要點如下：

一、「人格風格詮釋典範」和「語言風格詮釋典範」大致上具有不可共量的特性；在一般的情況下，前者觀察的要點在於道德人格的朗現，後者則偏重自作品的閱讀經驗來反省「文體」的相關問題（可並參「優劣論／李杜並尊」）。

二、就兩個典範間的溝通（設身處地的理解）而言，似乎不需要勸說的程序，因為溝通的關鍵通常取決於個人角色的轉換。以操作「人格風格詮釋典範」的社群成員為例，做為批評者，他從屬於社群，服膺「人格風格詮釋典範」以涵養道德的人格；而身為創作者，他是自由的個體，則不妨依循「語言風格詮釋典範」來掌握文體的美感——儘管這些作為盡在不言中。

三、雖然兩個典範不可共量，但並不相互拒斥（範疇不同），理論上可以同時存在。不過，省察服膺「人格風格詮釋典範」的社群的實際操作情況，卻往往將彼此共享的價值提昇為唯一的、無上的價值，如此一來，「語言風格詮釋典範」的重要性不免淪為次要，或根本不受重視；當然，溝通的管道（至少在表面上）也就遭到某種程度的阻絕。

第四節　「典範轉移」與中國文學批評史的發展問題

前文提及，對自己原先運用強烈意義——「創造性斷裂」與「革命性突變」——來界定「典範轉移」的觀點，孔恩已在〈後記〉中

提出較爲和緩的解釋；但姑且不論其思想的修正方向，主要的是，他還試圖解釋科學史發展的原因。根據孔恩的說法，他的論點本來就借自其他學科，所以廣泛地應用到諸如文學（批評）史、音樂史、藝術史、政治發展史，以及相關的人類活動發展史等，是「當然」又「應該」的事。然則，即使他再溫和地解釋「革命」、寬泛地界定「典範轉移」，從他的論點來看「李杜論題」，由宋到清的中國文學批評史，在理論上還是幾乎沒有發展性可言；它只是一種內在的、更趨成熟的變遷。

事實上，就「人格風格詮釋典範」在實際批評上頗爲取資的方法——「情志批評」而言，它早在漢代毛鄭對《詩經》的箋釋，以及王逸之注《楚辭》時，便已發展到相當的成熟度；而從「李杜論題」來看，由宋至清，「情志批評」做爲一項結構嚴密的批評方法的地位，即使遭受若干質疑與挑戰，卻始終屹立不搖。在這個基礎上，我們可以接受孔恩的論點；也就是說，至少在「李杜論題」中，中國文學批評的方法欠缺他所謂的發展性。但對這項發展性的問題，我們不妨從「典範轉移」的觀點再做印證。

就內容的相關性來區別，我們不妨以「情志批評」與「人格風格詮釋典範」、「文體批評」與「語言風格詮釋典範」爲兩組對應概念。對於結合《孟子・萬章》揭舉的「知人論世」和「以意逆志」爲方法的「情志批評」，顏崑陽先生的分析是：

> 《孟子》原義本爲道德修養提示進路，並不爲文學批評而發。漢代解詩，始將此法應用於考證作品之時代背景或作者處境，而成爲文學批評的重要方法。〔註13〕

這種型態的文學批評，漢人將之實際操作在對《詩》、《騷》的箋釋，其後更廣泛地應用到其他種種文學作品的批評上。因此，「情志批評」可說是漢代最主要的批評型態。至於六朝文學批評的主要趨向，顏先

〔註13〕同註五，頁 242、243；又同註七，頁 2、5；以及顏崑陽：《漢代「楚辭學」在中國文學批評史上的意義》，頁 3、4。

生的觀察則是

> 研究這一段文學批評史的學者，應該都會同意六朝文學批
> 評的主要趨向就是：文體論的批評。〔註14〕

準此，再回到文學批評史的脈胳，我們發現，漢代到六朝的主要批評
型態，大致即爲「情志批評」向「文體批評」的轉移；對應來說，就
是由「語言風格詮釋典範」取代了「人格風格詮釋典範」。當然，這
裡的「典範轉移」也就滿足了孔恩對於發展性的定義──雖然它只是
強弱的消長過程，遭取代也不過是退居次要的詮釋而已──，仍可視
爲中國文學批評史上的一次發展。

　　至於「李杜論題」的情況是，依循「人格風格詮釋典範」導出「杜
優李劣」判斷的批評多集中於宋代，其批評路數並多爲清代學者所承
繼；「李優杜劣」判斷大部分產生於明代；而「李杜並尊」和「李杜
俱有不足」的批評資料，則散見各代。另外，藉由「李杜論題」展開
的對詩歌「文體」觀念的探討，無論就質和量而言，都以明代最佳（詳
參「優劣論／李杜並尊」）。

　　根據龔鵬程先生的研究，宋代的詩論和其他各種藝術理論，其整
體結構和基本原理，與其思想背景具有密切關聯，並特別重視作者人
格生命之完成〔註15〕。這個論點與前文徐復觀先生的說法不謀而合。
而這或許可以解釋爲何從「優劣論」的資料來看，「人格風格詮釋典
範」的操作（結合『情志批評』的詮釋）在宋代一枝獨秀。但龔先生
在上述研究中還「斷言」：「金元明清的文藝評論，基本上仍是衍宋之
緒。」（《江西詩社宗派研究》，頁467）就「李杜論題」來說，這項

〔註14〕同註5，頁215。

〔註15〕龔鵬程先生認爲，從宋代乃至金、元、明、清的文藝理論的基本結構，
都顯示出一種共同的特質，可借用唯識宗轉識成智的理論模式來充
分說明。他並提醒我們注意：「這一模式不但顯示了儒釋道三教的基
本特質，也是宋代或我國文藝理論的基本結構。」見同註一氏著：〈釋
江西詩社「學詩如參禪」之說，兼論宋代詩學之理論結構〉，《江西
詩社宗派研究》，頁395～485；引文見頁467。

斷言可謂近是。即以明代爲例，無論其文學主潮是否湧向「復古」〔註
16〕，抑或藉李、杜展開的，關涉詩歌「文體」概念的研究質量如何
豐富（相較於宋、清兩代），我們很難將其文學批評的主要趨向，歸
結成唯一的「情志批評」或「文體批評」；至少，照郭紹虞先生的分
析，明代詩論還要從學者和詩人兩個社群來談，而他們各自奉行著不
同的「詮釋典範」〔註17〕。

　　至於清代文學批評的概況，郭紹虞先生另有一番觀察：

　　　以前論詩論文的種種主張，無論是極端的尚質，或極端的
　　　尚文，極端的主應用，或極端的主純美，種種相反的或調
　　　和的主張，在昔人曾經說過者，清人無不演繹而重行申述
　　　之。（《中國文學批評史》，頁438）

這個說法，可從衍自宋代的「情志批評」，卻在清代操作得更爲精鍊
和廣泛的現象，獲得一些印證；當然，在郭先生對清代文學批評「五
花八門，無不具備，眞是極文壇之奇觀……可稱爲集大成的時代。」
（同上，頁438～439）的評語下，「文體批評」自有其運用的空間。

　　彙整以上當代學者的論述，由宋至清的中國文學批評史（包括「李
杜論題」），原則上沒有孔恩眼中「典範轉移」的現象——如同漢代到
六朝文學批評趨向的變遷——因此，也就沒有他所謂的發展性。然
則，從「李杜論題／優劣論」的批評資料來看，較諸宋代，明代在詩
歌「文體」觀念上論述，質和量顯然出現巨幅的成長；而邁入清代，
它的聲勢卻又爲「情志批評」所掩蓋（當然，以上彼此皆未窮盡）。
對於中國文學批評史上這個不屬於「典範轉移」的轉移現象，我們做
何解釋？我們可以從兩方面再做發揮：

〔註16〕根據陳國球先生的研究結果是：「『復古』可說是明代學的主潮，由國
　　　　初到末世，主張『復古』的議論層出不窮。」參見陳國球：《唐詩的
　　　　傳承——明代復古詩論研究》（臺北：臺灣學生書局，1990年9月初
　　　　版），頁6。
〔註17〕見郭紹虞：《中國文學批評史》（臺北：文史哲出版社，1990年7月），
　　　　頁572、746。

　　一、接受導論中所提何秀煌先生的建議，進一步弱化孔恩「創造性斷裂」和「革命性突變」的意涵，將一門學科的發展歷史，視為各種不同的典範間的消長輪替——互動、演變、取代，甚或融合——的過程。以「詮釋典範」彼此的逐漸轉移和交替（而非斷裂、突變）來解釋發展的意義。準此，由宋到清，即可說是文學批評從「人格風格詮釋典範」→「語言風格詮釋典範」→「人格風格詮釋典範」的消長過程；雖然，它們只是詮釋效力的主從、強弱的輪替。儘管這是對孔恩原意的弱化，但猶不失其理論脈絡，故不妨名之為「一種發展」。

　　二、在弱義的典範理論之外，對於由宋到清，在文學批評的詮釋優位性上，大致以「人格風格詮釋典範」→「語言風格詮釋典範」→「人格風格詮釋典範」（就討論重點而言）的模式來轉移、輪替的現象，進一步借用「循環」概念加以解釋。根據王策宇先生在〈葉燮《原詩》「正變」觀試析〉的分析，「循環」概念大抵有兩種意義：

　　第一，循環是在原地作圓形的轉動，沒有向前進行。就文學言，以歷史上曾經出現的最好的典範為起點，往後的變動發展都只是圓上的一點，最後終要回到這個理想的起點上。

　　在這個概念中，理想典範便固定化，文學沒有向前演變發展的意義。

　　第二，循環是一種正變盛衰交替，卻又向前不斷推進的歷史現象，是轉輪式的演變觀念。輪子自身在循環轉動，卻同時保持前進。〔註18〕

　　雖然王先生強調的是循環的第二種意義，而且顯然能為中國文學批評史的發展，提出特定的解釋；但我們的例子似乎與第一種意義為近（不涉及「正變」）。當然，王先生對「循環」的界定並未窮盡其意義。事實上，如果我們稍事逸出「李杜論題」，省察漢代以降的中國

〔註18〕見王策宇：〈葉燮《原詩》「正變」觀試析〉，《古典文學》第十集（臺北：臺灣學生書局，1988年12月初版），頁115、137；引文見頁127、128。

文學批評史的歷程，「人格風格詮釋典範」和「語言風格詮釋典範」自可說是主導詮釋的兩大系統（儘管未窮盡所有的「詮釋典範」）；其次，就詮釋效力強弱、主從關係的而言，雖然不見得有特定的規律，但「詮釋典範」間彼此輪替、循環（占據詮釋優位性）的現象，卻也是顯而易見的。然則，這樣的循環是否就沒有向前演變發展的意義；或者，它竟不免招來邏輯謬誤的指責？

回到孔恩的論點，或許上述的循環還不能滿足他對發展性的定義；但正如他對語言學家質疑他干犯邏輯謬誤的辯說，我們發現，至少就「李杜論題」——由宋到清，文學批評的詮釋優位性大致從「人格風格詮釋典範」→「語言風格詮釋典範」→「人格風格典範」的循環——來看，宋代和清代關於「人格風格詮釋典範」的批評方法，在內容上不盡相同。後者不但未被前者所窮盡，而且是前者更趨成熟的操作。所以孔恩認為這種循環性「不算缺陷」（《結構》，頁268），反倒是獲得知識的重要方法。猶有進者，孔恩在〈後記〉的結尾更不忘表示：

> 本書也企圖提出另外一種論點，對許多讀者而言，它似乎並不那麼容易看清。……例如，說科學至少在它們的發展過了某一點之後，以一種其他領域所不具備的方式進步，這話並不能算錯——不管進步可能是什麼。（《結構》，頁269）

根據孔恩上述的論點和企圖（也是一種修正說法），我們可以說，無論在「李杜論題」內外，中國文學批評史間「詮釋典範」（或論述重點）的循環情況，其實就是我們獲得文學知識的主要方法——反倒是，嚴格的邏輯論證幫助不大。其次，孔恩曾說他對科學史的研究成果，適合解釋一切人類知性活動的發展史；在這個基礎上，中國文學批評史在經過漢代轉移到六朝的這個發展點後，當然是以一種其他領域（至少是邏輯學界）所不具備的方式來進步——儘管它藉由「批評的循環」為主要方式來成熟、進步。

經過前文的探討，雖然從孔恩自詡為適用於一切知性活動的理論

來看，六朝以降的中國文學批評史（特別在「李杜論題」內），基本上缺乏他所謂的發展性；而他的論點有「許多人類活動的史家」爲其背書。我們當然可以藉由鬆動、弱化孔恩的定義，來證明中國文學批評史的發展具有特殊模式；或者，乾脆承認在某段歷史進程裡，中國文學批評史果眞缺乏他（們）界定下的「發展」──用孔恩的話來說，這「不算缺陷」──，但這並不妨礙它持續地「進步」。而這項進步、成熟，更以與其他學科迥異的方式來進行：它不是一系列不同典範的線性轉移，而是某些典範間彼此強弱、主從的消長和循環。

第五章 結 論

關於本文的研究，我們可從三個面向加以總結：一、回顧並整合「李杜論題」涉及的各項探究；二、對應「典範」理論，提出我們對中國文學（批評）的研究方法的一些反省；三、檢討本文研究上可能的限制及其發展性。

第一節 「李杜論題」的回顧與整合

「李杜論題」自唐元和時期形成以降，在二人作品同為唐詩「典範」的意義下，歷代詩（論）家無不藉由肯認、討論、並學習這兩大「典範」，來獲得詩學的相關知識，涵養個人的創作技藝；而這項影響直達當代。近人較具特色的說法，如郭沫若先生嘗云：「（李、杜）在中國文學史上的地位就跟天上的雙子星座一樣，永遠並列著發出不滅的光輝。」〔註1〕楊義先生更申論說：「李白、杜甫作為高峰中的高峰，對他們的研究，因而也就成了『雙重高峰分析』，其間的極端重要性也就不能不辦。……雙峰在盛唐，這是中國文化史一大奇觀。」〔註2〕

〔註1〕郭沫若：〈詩歌史中的雙子星座〉，《光明日報》1962 年 6 月 9 日。轉引自羅宗強：《李杜論略》（呼和浩特：內蒙古人民出版社，1982 年 12 月 2 刷），頁 23。

〔註2〕參見楊義：《李杜詩學》（北京：北京出版社，2001 年 3 月第 1 版），頁 3。

儘管這類極事推許的言論，可謂無代無之；然則實際考察李、杜在歷代被接受的情況，對二人卻不是沒有偏重的。於此，夏敬觀先生有一項頗具總結性的觀察：

> 唐世李、杜並稱，未嘗有所軒輊，惟元微之作《李杜優劣》之論，獨重子美，於是後之人以爲談柄，不免於左右袒！至於今，論詩者言李，則必曰李、杜，而後知爲指太白；若言杜，則不必連及李，而無不知爲子美者。自宋以來，注杜詩者林立，而注李詩者，……寥寥數人而已，且皆非著名詩家；注杜詩者，則多一代有名之詩人，且宋、明人詩話，專言杜者居多，評李則必評子美，以是知宋後詩人，偏重於杜，由來久矣。〔註3〕

據是，則「李杜優劣論」幾乎伴隨著二人「典範」地位的確立而發。雖然，歷代詩（論）家多有李、杜同爲「典範」的共識；但這並不妨礙他們依據個人的價值基準，來優此劣彼；我們甚至可以說，優劣判斷，是操作這項「典範」的批評者必得表態的中心課題。當然，自韓愈倡導「李、杜不當優劣」之說後，也吸引了一些後人的追附；然而歷來詩（論）家在二人優劣上的爭論，畢竟未曾稍歇。

對李、杜這種長期互爲抑揚（命題間「相反對立」）的批評現象，當代的學者因標榜立場較爲客觀，故也積極提出他們關於「李杜優劣論」的反省；例如，楊文雄先生《李白詩歌接受史》即直言：「這是要不得的！尤其是對于像李白與杜甫這樣的文學巨匠，更不能妄比高下。」〔註4〕這也是個代表性的說法。不過，我們認爲就「李杜優劣論」而言，批評若僅停滯在對優劣判斷的責難，除了顯得對此系傳統缺乏同情的理解（自絕「溝通」的管道）外；更重要的是，它將無助於我們獲得進一步的批評知識；尤其當歷代環繞「李杜優劣論」的探

〔註3〕參見夏敬觀：〈說李白〉，收入徐少知編：《李太白研究》（臺北：里仁書局，1985年5月20日），頁1。

〔註4〕參見楊文雄：《李白詩歌接受史》（臺北：五南圖書出版公司，2000年3月初版1刷），頁502。

討，已藉由特定批評觀點的實踐，累積了如此豐富的資料時。

另外，在我們的觀念裡，方法（或工具）的使用不外乎達成某種目的，而這項目的被實現的歷程，又往往服膺於特定觀點的預設；其次，將這套思考轉移到文學（批評）研究的範疇，也讓我們的「詮釋」活動，從性質上被歸屬為一種「建議」——它只涉及好壞，而無關對錯問題〔註5〕。因此，面對「李杜優劣論」的詮釋成果，本文始終避免在不相干的層次上，遂行無謂的（通常也是普泛的）褒貶；猶有進者，本文更採取後設的視角，深入分析「李杜優劣論」中各種可能的詮釋觀點。我們相信，與其呼籲批評者「不當優劣」，將重心置於既成的優劣傳統去徹底研究，毋寧才是「李杜論題」的價值所在。所以本文特意把李、杜並入「優／劣」的邏輯組合，以「杜優李劣、李優杜劣、並尊李杜」以及「李杜俱有不足」（「李杜均劣」不符論題的內規）四個系統展開論述。我們可將「李杜優劣論」的典範研究的具體結論，通過圖表加以說明（參見附表一）。

如同前引夏敬觀先生所言，在歷代「李杜論題」的批評者中，還有身兼（著名）詩人與否的差別。從中國詩歌史來看，批評者／創作者同一的現象頗為常見；然則儘管同為一人，卻無法保證他們的言、行「表裡如一」；至少在「李杜論題」裡，個人每因角色的二分，而發生自相予盾的言論和行為。著名詩（論）家如王安石、陸游等——批評李白的同時卻不忘學習其作品——，即是這種矛盾現象的實例。準此，因應批評與學習（創作）在理論和實踐上皆不必然等同的特性，我們把「學習論」獨立於「優劣論」之外，另作研究。

〔註 5〕例如，拿榔頭來敲鐵釘，乃出於某種「習見」；但這並不礙我們用拳頭來錘平鐵釘，或者拿榔頭來敲破腦袋，以及其它可能。另外，相關的思考可參見勞思光：《思想方法五講》（香港：中文大學出版社，1998 年），頁 1、4、〈哲學方法與哲學功能——序馮著《中國哲學的方法論問題》〉，收入馮耀明：《中國哲學的方法論問題》（臺北：允晨文化實業股份有限公司，1989 年 9 月），頁 1、5；帕瑪著，嚴平譯，張文慧、林捷逸校閱：《詮釋學》（臺北：桂冠圖書公司，1995 年 4 月初版 1 刷），頁 77、82。

其次，除了從「學李不學杜」、「學杜不學李」和「並學李杜」三方面分事探討，我們亦可將「李杜學習論」的典範研究的成果，嘗試製表說明於後（參見附表二）。

第二節　從「典範」理論到文學／文學批評「比較研究」的反省

本文借用孔恩「典範」概念及其配套理論，採取後設的觀點，來處理「李杜論題」的批評資料。孔恩理論架構的提出，主要雖在解釋（西方）科學史的發展問題；但根據孔恩的說法，由於他的理論取資於各個學科，故自有其應用於其它學科（諸如文學史、音樂史、藝術史、政治史等）的必然性；或者說「必要性」。然而，為了避免在應用上淪為何秀煌所謂「看來不同的學術研究領域，各自的確遵行崇奉著不同或不盡相同的典範——不管這個概念到底是什麼意思」〔註6〕的結果；因此，在「典範」概念之外，我們也將藉由孔恩理論的整體架構，對「李杜論題」中反映的中國文學批評史的發展問題，進行必要的探討。

在孔恩的定義裡，科學史的發展起因於「典範轉移」。他認為，這項發展並非像傳統史學所揭示的，是一種前後相接的事實「累積」歷程；而是出自於「非累積性的斷點」（non-comulative breaks）——「創造性的斷裂」與「革命性的突變」——介入的躍進過程。省察「李杜論題」中「人格風格詮釋典範」和「語言風格詮釋典範」的對應關係，它們不過是詮釋效力上主從、強弱的輪替，嚴格說來，並不符合孔恩「典範轉移」的定義；當然，這意謂著在他的理論脈胳裡，由宋至清的中國文學批評史（以「李杜論題」為準），並未滿足發展的條件。但若是接受何秀煌先生的建議，以弱化過的孔恩理論〔註7〕為基

〔註6〕參見何秀煌：《記號·意識與典範——記號文化與記號人性》（臺北：東大圖書股份有限公司，1999年10月初版），頁77。
〔註7〕這樣的弱化有其合理性的空間。例如在天文學上，哥白尼並沒有完全

礎，我們或可在不失其宗旨的情況下，對「李杜論題」反映出的中國文學批評史，解釋它不過是「以一種其它領域所不具備的方式來進步」（前引孔恩語）而已。畢竟，我們無法忽視文學批評內部明顯的、更趨成熟的演變；儘管這在孔恩眼中稱不上「發展」。

　　同樣移用孔恩的理論，對於上述的現象，龔鵬程先生有一項值得參考的反省：

> 一般所說中國文學批評太主觀，沒有系統云云，更是盲人摸象之談；因為，依中國典範來看，那些貌若模糊飄渺的言論，本來都是明晰嚴謹，且深刻而可親的。問題是你必須先「讀懂」它，找到這個典範及其相關聯的觀念、術語、理論，而予以說明。然後，它與新典範才能在「不可共量」的基礎上，嘗試著進行比較與溝通。〔註8〕

因此，龔先生建議我們對類似的研究採取「處境分析」；亦即對批評對象所身處的環境和行為（包括批評內容），找出試驗性或推測性的解釋。他說：

> 這樣的歷史解釋，必須解說一個觀念的某種結構是如何形成、為何形成。即使創造性的活動本不可能有完滿的解釋，但仍然可以用推測的方式提出解釋，嘗試重建行動者身處的問題環境，並使這個行動，達到「可予瞭解」的地步。〔註9〕

這種設身處地的、同情理解的方式，其實就是孔恩閱讀經典作品（亞里士多德「物理學」）的啟蒙心得，以及撰寫《科學革命的結構》一書的基本設定。而他對研究者的建議是：「在科學史上的原典中，尋

取代托勒密的系統（Ptolematic system）；而在推定星位變化方面，托氏的天文學界至今仍被廣泛地應用。過度強調「斷點」的意義，則不免忽視這種現象的存在。

〔註8〕參見龔鵬程：《詩史本色與妙悟》（臺北：臺灣學生書局，1993年2月增定版1刷），頁5。

〔註9〕同前註，頁12。

出一個使這部原典像是出自一個理智清明的人的手筆的讀法。」（註
10）按照這種思考，我們藉由弱化的孔恩理論來研究「李杜論題」，並
解釋其間中國文學批評史的發展問題，以孔恩的話來說，無疑也是「當
然」又「應該」的。雖然，這項研究的結論不在他嚴格界定的「發展」
意義內；但這並不算缺陷，也不妨礙它持續地成熟、進一步——以一
種迥異於科學史發展的方式。

經過前文的探討，無論是東方抑或西方，當代學者對於各類「比
較研究」的建議，莫不以設身處地的「處境分析」——循著對方的思
維模式做同情的理解——為前提來開展；我們認為，這不僅是批評方
法上的建議，也是態度上的勸說；而我們也相信，對一項適當的、好
的詮釋而言，這是必不可少的基礎。

第三節　本研究可能的限制與發展性

誠如之前夏敬觀先生的觀察，宋、明人詩話「專言杜者居多，評
李則必評子美」。可見詩（論）家對於李、杜的批評方式，起碼在提
法上即有不同；而這種基於特定觀點的分合、取捨，也反映在對二人
頗為分歧的評價內容裡。此即是本文就「李杜論題」處理對象的範圍
再做設定的原因：它必須兼及李、杜，才在論題的原始規劃中。另外，
借用劉若愚先生《中國文學理論》一書關於文學／文學批評研究的範
疇區分，本文處理的內容大抵著重在「文學批評的批評」，然後推及
「文學批評的理論研究」與「文學批評史」的相關探討。以前述預設
的說明為起點，我們可對本文研究上可能的限制與發展性，進一步檢
討如下。

檢視「李杜論題」間的批評，大多是以李、杜作品整體為對象所
進行的，環繞風格問題為主的綜合性評價。就我們徵引的代表性批評

〔註10〕參見孔恩著，程樹德、傅大為、王道還、錢永詳譯：《科學革命的結
　　　　構》（臺北：遠流出版事業股份有限公司，1994 年 7 月 1 日新版 1 刷），
　　　　頁 14。

者而言，其對李、杜個別作品的「實際批評」，並非我們研究上的第一序資料。這樣的操作基於一種預設：即如果我們以這兩系批評各為「整體」與「部分」，那麼，後者理論上當以前者為本。然則我們無法排除這兩者不一致的可能性——尤其是該條詩話出自閱讀的當下感悟時。另外，再加上「李杜論題」的設定不以單獨針對李、杜的批評為主要資料（用於輔助說明）；據此，則我們對代表性的強調固然符合「典範」研究的需求，但擯除其它與「李杜論題」非直接相關的理論及實際批評，也就成了不得不然的結果；儘管這些資料也具有某種代表性。所以我們首先要承認，本文的操作如同所有理論的實踐一樣，都難免是「部分」或「局部」的——只是它的有效性在「李杜論題」間特別明顯罷了。

其次，就我們選定的詩（論）家來看，其代表性早經歷代批評者的再三引用而得到確證。因此，要是研究僅止於覆述他們的論點，恐怕意義不大。然則我們認為，若能順應批評內容的關聯與區別，以一種量身打造的論述方式，對這些批評進行必要的「處境分析」——如本文以「優劣論」和「學習論」的各種排列組合來解析「李杜論題」——，當可為歷代詩（論）家於其間投注的心力，提出更清晰、更具總結性的說明。雖然，經過我們的反省，本文的研究在創造性的建構方面仍有提昇的空間；但我們相信，藉這種有別於既往分析型態所獲致、證成的結論（可能並未超越前賢的洞見），自有一定的價值。

最後，由於本文進行的是「典範」研究，對批評資料的徵引，往往以其特質與代表性為判準；但如同前述，這份中心批評者的名單，歷來少有變化。如果我們嘗試以「去中心」的觀點，運用其它的「部分」、「局部」理論重新詮釋上述批評；或者，在本文掛一漏萬的資料篩選之外，另立批評的中心結構來進行研究，當能為「李杜論題」提供更豐富的內容。而關於本論題發展性（非孔恩意義）的思考，至少在我們看來，基於特定觀點建構的「李杜論題」發展史，即是一項頗待開展的工作。

附　錄

附表一

優劣判斷	內容	詮釋典範類型	批評分布概況	代表性詩（論）家	批評要旨
杜優李劣		人格風格	宋、清居多	元稹、王安石、蘇轍、張戒、黃徹、陸游、羅大經、程正揆等	1. 杜詩的諷諫精神直承儒家詩教，其多以社稷民生為念者，實為李白所不及。 2. 李白詩多言婦人與酒，乃至金殿、翡翠等，顯然識見不高。
李優杜劣		語言風格	明代居多	韓愈、歐陽修、楊慎、祝允明、陸時雍、高棅等	1. 李白作品風格的涵蓋面較杜詩廣。 2. 李白的古體詩具有率然天成、長短錯綜的特色，表現優於杜甫。 3. 李白的絕句「語近情遙」，杜絕則「語意淺近」。則「語意淺近」。
並尊李杜	通論之屬	語言風格	散見各代	嚴羽、鄭景韋、宋濂、李東陽、朱大啓、賀裳、田同之等	1. 李、杜作品猶如五聲中的「宮聲」，最為重要且影響最大。 2. 李、杜作品體貌雖有「飄逸」與「沉鬱」的不同，但二者各臻極境。 3. 李、杜作品能分別給予讀者「飄揚欲仙」與「歔欷慷慨」的閱讀經驗。 4. 李白作品多對外物以超脫的觀照，杜詩則通常出自人事的體察。

並尊李杜	連類之屬	語言風格	散見各代	楊萬里、郝經、王士禎、洪亮吉、林昌彝等	1. 「蘇、黃」是一組與「李、杜」對照（連類）的最佳範例。 2. 兩組的體貌大致爲：「李、蘇，無待」與「杜、黃，有待而未嘗有待」。 3. 蘇、黃雖然神似李、杜，但終究不及。
	源流之屬	語言風格	散見各代	朱熹、陳繹曾、張以寧、陸時雍、王褘、徐熊飛等	1. 源流上，李詩本《風》、《騷》，杜詩本《雅》、《頌》。 2. 相應源流的創作手法，李詩比、興多於賦，杜詩賦多於比、興。
	人格之屬	人格風格	散見各代，清代稍多	辛文房、劉大昌、王贈芳、梁章鉅、劉熙載等	1. 李、杜志向一在經世，具備同等的忠孝之心。 2. 李詩多表現不屈權貴的心志，杜詩多顯露憂國憂民的襟懷。 3. 李、杜作品能補察時政、宣揚王道，發揮「詩史」的效用。
	文體之屬	語言風格	明代居多	范德機、李東陽、王世貞、謝榛、胡應麟、胡震亨、許學夷、高棅、林昌彝等	1. 李白集復古之大成，杜甫開革新之局面。 2. 李、杜「文體」的比較：（1）古體：大抵詩貴自然而別具高格，杜詩尚獨造而自饒諷興；（2）近體：李絕、杜律各爲該詩體（製）的魁楚。（詳參內文）
	才學之屬	語言風格	散見各代	羅大經、俞鎮、李東陽、郎瑛、許學夷、黃生	1. 李白才思敏捷，語言自然天成；杜甫苦心經營，多見鍛鍊之功。 2. 李白得力於天才，杜甫奠基於人力；但兩人的文學成就相當。 3. 杜甫的才情不至被埋沒，李白的學養卻常常遭到忽略。
李杜俱有不足		語言風格	散見各代	葛立方、羅大經、王世貞、胡應麟、毛先舒	1. （1）李詩不免輕率滑易，杜詩不免粗硬俚俗或雕鐫太過；（2）二人古體無復漢、魏古詩氣象，顯爲不及。 2. 李以絕爲律、以古爲律，杜以律爲絕；這些作品難免有傷體要。

附表二

內容　　學習主張	詮釋典範類型	批評分布概況	代表性詩（論）家	批評要旨
學李不學杜	語言風格	散見各代	蘇軾、朱熹、揭傒斯、王睦英、沈德潛、李調元、龔自珍、俞樾等	1. 學李原因：李白作品可披之管絃，有脈胳可循，具有較佳的美感效果。 2. 學李方式：以涵養個人的浩然之氣爲主，漸及作品體貌上的神似。 3. 學李結果：學李不成猶不失古詩高格，學杜不成則難免生硬、枯澀。
學杜不學李	語言風格	散見各代	邵祖平、方回、謝榛、都穆、胡應麟、李慈銘、施補華、喬松年、黃子雲等	1. 學杜原因：杜甫以學力取勝，有法可循；而李白則天才不可及。 2. 學杜方式：學杜當由其對後世影響最大的近體（特別是律詩）入手。 3. 學杜結果：學杜不成是「刻鵠不成尚類鶩」，學李不成則不知淪爲何物。
並學李杜	語言風格	散見各代	呂本中、劉詵、傅與礪、宋濂、謝榛、許學夷、劉熙載等	並學原因：在學杜細按格律外兼之學李，當可收快心敢語之功。 並學方式：古體（特別是樂府）取法李白，近體（特別是律詩）仿效杜甫。 並學結果：可做爲品第各家詩藝的基準，進而一窺《風》、《騷》門徑。

參考書目

說明：

　　本文參考書目除對「專著」與「單篇論文」進行區劃之外，更依「內容性質」將前者分爲三大類：壹、經藉與辭書；貳、引用文集；參、文學／文學批評研究論著等。導論提及，爲了說明本文的研究層次，我們借用劉若愚先生對文學／文學批評研究範疇的定義，並加以約化；而這個修正後的架構，也適用於參考書目的繫屬，其內容如下：

I、文（哲）學的研究

　　A文（哲）學史

　　B文學批評

　　　1. 文（哲）學的理論研究（文學本論與文學分論）

　　　2. 實際批評（詮釋與評價）

II、文學批評的研究

　　A文學批評史

　　B文學批評的批評

　　　1. 文學批評的理論研究（批評本論與批評分論）

　　　2. 文學批評的批評（詮釋與評價）

據此，我們可將書目羅列於下。

壹、經籍與辭書

1. 《毛詩正義》，毛公傳，鄭玄箋，孔穎達等正義，影印清嘉慶二十年江西南昌學府刊刻十三經，注疏本（臺北：藝文印書館，1989 年 1 月 11 版）。

2. 《周禮注疏》，鄭玄注，賈公彥疏，影印清嘉慶二十年江西南昌學府刊刻十三經注疏本（臺北：藝文印書館，1989 年 1 月 1 版）。

3. 《論語注疏》，何晏等注，刑昺疏，影印清嘉慶二十年江西南昌學府刊刻十三經注疏本（臺北：藝文印書館，1989 年 1 月 11 版）。

4. 《孟子注疏》，趙岐著，孫奭疏，影印清嘉慶二十年江西南昌學府刊刻十三經注疏本（臺北：藝文印書館，1989 年 1 月 11 版）。

5. 《禮記集解》，孫希旦撰，沈嘯寰、王星賢點校（臺北文史哲出版社，1990 年 8 月文 1 版）。

6. 《釋名疏證》，劉熙撰，畢沅疏證（臺北：廣文書局，1995 年版）。

7. 《說文解字》，許慎著，段玉裁注（臺北：書銘出版公司，1992 年 9 月 6 版）。

8. 《說文段注指例》，呂景先編著（臺北：正中書局，1989 年 10 月初版 10 刷

9. 《說文類釋》，李國瑛（臺北：書銘出版公司，1989 年 9 月修訂 5 版）。

10. 《佛學大辭典》，丁福保編（臺北：天華出版公司，1984 年 8 月 7 刷）。

11. 《西洋哲學辭典》，布魯格編著，項退結編譯（臺北：華香園出版社，1992 年 8 月增訂 2 版）。

12. 《新哲學詞典》，安東尼·弗盧主編，黃頌杰等，上海：上海譯文出版社，1992 年版）。

13. Dagobert D. Rune：Dictionary of Philosophy.（Totowa，New Jersey：Rowman & Allanheld，1984））。

14. Robert Audi：The Cambridge Dictionary of Phylosophy（New York：Cambridge University Press，1995））。

15. Thomas Mautner：A Dictionary of Philosophy.（Oxford，UK/Cambridge，Massachusetts：Blackwell，1996））。

貳、引用文集

1. 《楚辭集注》，朱熹集注（臺北：文津出版社，1987 年 10 月）。

2. 《漢魏六朝百三名家集》，張溥輯（臺北：文津出版社，1979 年 8 月）。

3. 《樂府詩集》，郭茂倩編撰（臺北：里仁書局，1981 年 3 月 24 日）。

4. 《全唐詩》，清康熙御製，王全等點校（北京：中華書局，1992 年 10 月 1 版 5 刷）。

5. 《唐詩鼓吹評注》，錢牧齋、何義門評注，韓成武、賀嚴、孫微點校（保定：河北大學出版社，2000 年 7 月初版）。

6. 《皇明文衡》，程敏政編，四部叢刊正編集部（臺北：臺灣商務印書館，1979 年 11 月臺 1 版）。

7. 《陶潛詩箋註校證論評修訂本》，方祖燊（臺北：臺灣書店，1988 年 10 月初版）。

8. 《李白集校注》，瞿蛻園等（臺北：里仁出版社，1981 年 3 月 24 日）。

9. 《李白全集校注彙釋集評》，詹瑛（天津：百花文藝出版社，1996 年 12 月初版）。

10. 《錢牧齋箋注杜詩》，錢謙益（臺北：臺灣中華書局，1967 年 5 月臺 1 版）。

11. 《杜詩詳注》，杜甫著，仇兆鰲注（臺北：里仁書局，1980 年 7 月 30 日）。

12. 《杜詩鏡銓》，杜甫著，楊倫箋注（臺北：華正書局，1990 年 9 月版）。

13. 《讀杜心解》，杜甫著，浦起龍注（臺北：古新書局，1976 年 2 月）。

14. 《韓昌黎文集校注》，韓愈撰，馬其昶校注（臺北：世界書局，1967 年再版）。

15. 《韓昌黎詩繫年集釋》，韓愈撰，錢仲聯編（臺北：學海出版社，1985 年 1 月初版）。

16. 《白居易集箋校》，白居易著，朱金城箋校，上海：上海古籍出版社，1988 年 12 月 1 版 1 刷）。

17. 《玉谿生詩集箋注》，李商隱著，馮浩箋注（臺北：里仁書局，1981 年 8 月 15 日）。

18. 《歐陽修全集》，歐陽修（臺北：河洛圖書出版社，1975 年 3 月臺初版）。

19. 《王荊公詩李氏注附沈氏勘誤補正》，王安石撰，李壁注，沈欽韓勘誤補正（臺北：鼎文書局，1979 年 9 月初版）。

20. 《蘇軾詩集》，蘇軾撰，王文誥輯注，孔凡禮點校（北京：中華書局，1987 年 10 月 1 版 2 刷）。

21. 《欒城集》，蘇轍著，曾棗莊、馬德富校點（上海：上海古籍出版社，1987 年 3 月 1 版 1 刷）。

22. 《山谷全集》，黃庭堅撰，任淵、史容、史季溫注（臺北：臺灣中華書局，1966 年 3 月臺 1 版）。

23. 《朱子文集》，朱熹著，陳俊民校編（臺北：允晨文化實業股份有限公司 2000 年 2 月初版）。

24. 《朱子語類》，朱熹著，黎靖德編（臺北：文津出版社，1986 年 12 月）。

25. 《梁谿先生文集》，李綱，景印文淵閣四庫全書集部冊 115、117（臺北：臺灣商務印書館，1986 年 7 月初版）。

26. 《宋學士文集》，宋濂（臺北：臺灣商務印書館，1975 年 9 月初版）。

27. 《翠屏集》，張以寧，收入景印文淵閣四庫全書集部冊 299（臺北：臺灣商務印書館，1986 年 7 月初版）。

28. 《七修類稿》，郎瑛（臺北：世界書局，1963 年）。

29. 《朱舜水集》，朱舜水撰，朱謙之整理（北京：中華書局，1990 年 5 月 11 版 3 刷）。

30. 《龔定庵全集類編》，龔自珍（臺北：世界書局，1960 年 11 月初版）。

參、文學／文學批評研究論著

I A. 文（哲）學史

文學類

1. 《中國大文學史》，謝无量（臺北：臺灣中華書局，1983 年 12 月臺 6 版）。

2. 《中國文學史論》，華仲麐（臺北：臺灣開明書店，1985 年 10 月 5 版）。

3. 《增訂本中國文學史》，胡雲翼著，江應龍校訂（臺北：三民書局股份有限公司，1989 年 9 月 4 版）。

4. 《校訂本中國文學發展史》，劉大杰（臺北：華正書局，1991 年 7 月版）。

5. 《中國文學史》，葉慶炳（臺北：臺灣學生書局，1992 年 9 月 3 刷）。

6. 《中國文學史》，孟瑤編著（臺北：大中國圖書公司，1980 年 3 月

3 版）。

7. 《插圖本中國文學史》，鄭振鐸（臺北：莊嚴出版社，1991 年 1 月初版）。

8. 《增訂中國文學史初稿》，王忠林等（臺北：福記文化圖書有限公司，1985 年 5 月修訂 3 版）。

9. 《中國文學史》，游國恩等主編（臺北：五南圖書公司，1990 年 11 月初版）。

10. 《中國詩史》，陸侃如、馮沅君，山東：山東大學出版社，1996 年 3 月 1 版 1 刷）。

11. 《中國詩歌流變史》，李日剛（臺北：文津出版社，1987 年 2 月）。

12. 《中國詩史》，吉川幸次郎著，劉向仁譯（臺北：明文書局，1983 年 4 月初版）。

13. 《中國中古詩歌史》，王鍾陵（淮陰：江蘇教育出版社，1988 年 5 月 1 版 1 刷）。

14. 《魏晉南北朝文學思想史》，羅宗強（北京：中華書局，1996 年 10 月 1 版 1 刷）。

15. 《樂府文學史》，羅根澤（臺北：文史哲出版社，1981 年 3 月 3 版）。

16. 《漢魏六朝樂府文學史》，蕭滌非（北京：人民文學出版社，1998 年 6 月 1 刷）。

17. 《唐詩小史》，羅宗強（西安：陝西人民出版社，1987 年 9 月 1 版 1 刷）。

18. 《唐七律藝術史》，趙謙（臺北：文津出版社，1992 年 9 月初版）。

19. 《清代詩歌發展史》，霍有明（臺北：文津出版社，1984 年 11 月初版）。

20. 《清詩流派史》，劉世南（臺北：文津出版社，1995 年 11 月初版）。

哲學類

1. 《中國人性論史》，徐復觀（臺北：臺灣商務印書館，1990 年 12 月 10 版）。

2. 《新編中國哲學史》，勞思光（臺北：三民書局股份有限公司，1991 年 1 月增訂 6 版）。

3. 《中國哲學史》，王邦雄、岑溢成、楊祖漢、高柏園編著（臺北：國立空中大學，1995 年 8 月初版）。

4. 《西洋哲學史》，傅偉勳（臺北：三民書局股份有限公司，1994 年 2 月 13 版）。

Ｉ Ｂ1. 文（哲）學的理論研究（文學本論與文學分論）

文學類

1. 《文學論——文學研究方法論》，韋勒克、華倫著，王夢鷗、許國衡譯（臺北：志文出版社，1990 年 5 月再版）。

2. 《文學概論》，本間久雄原著（臺北：臺灣開明書店，1987 年 7 月臺10 版）。

3. 《文學概論》，王夢鷗（臺北：藝文印書館，1987 年 8 月 3 版）。

4. 《文學概論》，張健（臺北：五南圖書出版公司，1990 年 7 月 7 版）。

5. 《文學概論》，涂公遂（臺北：文洲出版社，1990 年 8 月出版）。

6. 《文學散步》，龔鵬程（臺北：漢光文化事業公司，1991 年 10 月 21日初版六刷）。

7. 《文藝心理學》，朱光潛（臺北：臺灣開明書店，1994 年 7 月新排4 版）。

8. 《文學理論導讀》，Terry Eagleton 著，吳新發譯（臺北：書林出版有限公司，1994 年 3 月 2 刷）。

9. 《二十世紀文學理論》，佛克馬、蟻布思著，袁鶴翔等譯（臺北：書林出版有限公司，1995 年 7 月 3 刷）。

10. 《文學理論的未來》，拉爾夫·科恩主編，程錫麟、王曉路、林必果、伍厚愷譯，萬千校（北京：中國社會科學出版社，1993 年 6 月初版）。

11. 《文藝社會學》，羅·埃斯卡皮著，顏美亭譯（臺北：南方叢書出版社，1988 年 2 月初版）。

12. 《文學與美學》，龔鵬程（臺北：業強出版社，1995 年 1 月修訂版1 刷）。

13. 《文學社會學》，Robert Escarpit 著，葉淑燕譯（臺北：遠流出版公司，1995 年 2 月 1 日初版 2 刷）。

14. 《文學社會學》，何金蘭（臺北：桂冠圖書公司，1989 年 8 月 1 版1 刷）。

15. 《文論講疏》，許文雨（臺北：正中書局，1985 年 8 月初版 5 刷）。

16. 《詩論》，朱光潛（臺北：正中書局，1988 年 11 版 13 刷）。

17. 《欣賞與批評》，姚一葦（臺北：聯經出版事業公司，1989 年 7 月初版）。

18. 《境界的再生》，柯慶明（臺北：幼獅文化事業公司，1993 年 12月初版 6 刷）。

19. 《詩與詩學》，杜松柏（臺北：洙泗出版社，1991 年 12 月 2 版）。

20. 《抒情傳統與政治現實》，呂正惠（臺北：大安出版社，1989 年 9 月初版）。

21. 《抒情傳統的省思與探索》，張淑香（臺北：大安出版社，1992 年 3 月 1 版 1 刷）。

22. 《抒情與描寫》，孫康宜（臺北：允晨文化實業股份有限公司，2001 年 9 月 30 日初版）。

23. 《中國古代心理詩學與美學》，童慶炳（臺北：萬圈樓圖書有限公司，1994 年 8 月初版）。

24. 《中國文學論集》，徐復觀（臺北：臺灣學生書局，1990 年 3 月 5 版 2 刷）。

25. 《中國文學論集續篇》，徐復觀（臺北：臺灣學生書局，1984 年 9 月再版）。

26. 《古典文學論探索》，王夢鷗（臺北：正中書局，1987 年 8 月臺初版 2 刷）。

27. 《傳統文學論衡》，王夢鷗（臺北：時報文化出版企業有限公司，1991 年 4 月 20 日初版 2 刷）。

28. 《中國古典詩歌評論集》，葉嘉瑩（臺北：桂冠圖書公司，1991 年 7 月再版 1 刷）。

29. 《中國文學復古風氣探究》，簡恩定（臺北：文史哲出版社，1992 年 3 月初版）。

30. 《中國詩的追尋》，李正治（臺北：業強出版社，1990 年修訂再版）。

31. 《中國歷代文論選》三冊，郭紹虞編選（臺北：木鐸出版社，1987 年 7 月初版）。

32. 《中國近代文論選》，郭紹虞、羅根澤主編（臺北：木鐸出版社，1987 年 1 月）。

33. 《中國文化新論文學篇——抒情的境界》，蔡英俊主編（臺北：聯經出版事業公司，1989 年 8 月初版 6 刷）。

34. 《中國文化新論文學篇——意象的流變》，蔡英俊主編（臺北：聯經出版事業公司，1989 年八月初版 6 刷）。

35. 《中國古代文學理論體系——範疇論》，汪涌豪（上海：復旦大學出版社，1999 年 3 月 1 版 1 刷）。

36. 《中國古代文學理論體系——原人論》，黃霖、吳建民、吳兆路（上海：復旦大學出版社，2000 年 5 月 1 版 1 刷）。

37. 《從詩到曲》，鄭騫（臺北：順先出版公司，1982 年 10 月再版）。

38. 《樂府詩述論》，王運熙（上海：上海古籍出版社，1996 年 6 月 1 版 1 刷）。

39. 《漢代文學與思想學術研討會論文集》，國立政治大學中文系所主編（臺北：文史哲出版社，1991 年 10 月初版）。

40. 《魏晉南北朝文學與思想學術研討會論文集》，國立成功大學中文系主編（臺北：文史哲出版社，1991 年 8 月初版）。

41. 《魏晉南北朝文論全編》，穆克宏、郭丹編著，江蘇：江蘇教育出版社，1996 年 12 月 1 版 1 刷）。

42. 《魏晉南北朝文學與思想學術研討會論文集》，國立成功大學中文系編（臺北：文津出版有限公司，1997 年 9 月初版）。

43. 《唐代詩學》，正中書局編審委員會編著（臺北：正中書局，1973 年 10 月臺 2 版）。

44. 《唐詩論文選集》，呂正惠編（臺北：長安出版社，1985 年 4 月初版）。

45. 《唐代文學論集》，羅聯添（臺北：臺灣學生書局，1989 年 5 月初版）。

46. 《唐詩的魅力》，高友工、梅祖麟著，李世耀譯，武菲校（上海：上海古籍出版社，1989 年 11 月 1 版 1 刷）。

47. 《唐詩學引論》，陳伯海（上海：東方出版中心，1996 年 10 月 1 版 4 刷）。

48. 《宋詩論文選輯》三冊，黃永武、張高評編著（高雄：復文圖書出版社，1988 年 5 月初版）。

49. 《宋代文學與思想》，國立臺灣大學中國文學研究所主編（臺北：臺灣學生書局，1989 年 8 月初版）。

50. 《宋詩概說》，吉川幸次郎著，鄭清茂譯（臺北：聯經出版事業公司，1988 年 9 月初版 4 刷）。

51. 《宋詩綜論叢編》，張高評編（高雄：麗文文化公司，1993 年 10 月）。

52. 《宋詩之傳承與開拓》，張高評（臺北：文史哲出版社，1990 年 3 初版）。

53. 《宋詩之新變與代雄》，張高評（臺北：洪葉文化事業有限公司，1995 年 9 月初版 1 刷）。

54. 《宋代詩學通論》，周裕鍇（成都：巴蜀書社，1997 年 1 月 1 版 1 刷）。

55. 《元明詩概述》，吉川幸次郎著，鄭清茂譯（臺北：幼獅文化事業公司，1986 年 6 月）。

56. 《復古派與明代文學思潮》，廖可斌（臺北：文津出版社，1994 年 2 月初版）。

57. 《晚明思潮》，龔鵬程（臺北：里仁書局，1994 年 11 月 30 日初版）。

58. 《明清文學研究論集》，龔顯宗（臺北：華正書局，1996 年 1 月初版）。

59. 《清代詩學初探修訂本》，吳宏一（臺北：臺灣學生書局，1986 年 1 月修訂再版）。

60. 《清代文學批評論集》，吳宏一（臺北：聯經出版事業公司，1998 年 6 月初版）。

61. 《陳世驤文存》，陳世驤（臺北：志文出版社，1972 年 7 月初版）。

62. 《羅根澤古典文學論文集》，羅根澤（上海：上海古籍出版社，1985 年 7 月初版）。

63. 《俞平伯詩詞曲論著》，俞平伯（臺北：長安出版社，1988 年 11 月校訂版）。

64. 《羅宗強古代文學思想論集》，羅宗強（汕頭：汕頭大學出版社，1999 年 11 月 1 版 1 刷）。

哲學類

1. 《方法導論・沈思錄》，笛卡兒著，錢志純、黎惟東譯（臺北：志文出版社，1996 年 11 月再版）。

2. 《邏輯概論》，Irving M. Copi 著，張身華譯（臺北：幼獅文化事業公司 1995 年 8 月初版 20 刷）。

3. 《思想方法五講新編》，勞思光（香港：中文大學出版社，1998 年）。

4. 《語理分析的思考方法》，李天命（臺北：鵝湖出版社，1993 年 4 月臺 4 版）。

5. 《李天命的思考藝術——思維方法與獨立思考》，李天命著，戎子由、梁沛霖編（臺北：允晨文化實業股份有限公司，1993 年 10 月初版 5 刷）。

6. 《記號・意識與典範——記號文化與記號人性》，何秀煌（臺北：東大圖書公司 1999 年 10 月初版））。

7. 《語言學的轉向》，洪漢鼎（臺北：遠流出版公司，1992 年 3 月 1 日臺灣初版）。

8. 《物理之後／形上學的發展》，沈清松（臺北：牛頓出版社，1995

年 11 月 1 日初版 3 刷）。

9. 《存在主義概論》，李天命（臺北：臺灣學生書局，1993 年 8 月初版 6 刷）。

10. 《科學革命的結構》，孔恩著，程樹德、傅大爲、王道還、錢永祥譯（臺北：遠流出版公司，1994 年 7 月 1 日新版 1 刷）。

11. 《詮譯學》，帕瑪（Richard E. Palmer）著，嚴平譯（臺北：桂冠圖書公司，1995 年 4 月初版 1 刷））。

12. 《解釋學簡論》，高宣揚（臺北：遠流出版公司，1994 年 6 月 16 日初版四刷）。

13. 《當代詮釋學》，Josef Bleicher 原著，賴曉黎譯（臺北：使者出版社，1990 年 8 月初版）。

14. 《詮釋與過度詮釋》，艾柯（Umberto Eco）等著，柯里尼編，王宇根譯（香港：牛津大學出版社，1995 年

15. 《眞理與方法——哲學詮釋學的基本特徵》，漢斯—格奧爾格·加達默爾（Hans-Georg Gadamer）原著，洪漢鼎譯（臺北：時報文化出版企業有限公司，1993 年 10 月 15 日初版 1 刷）。

16. 《眞理與方法——補充與索引》，漢斯—格奧爾格·加達默爾（Hans-Georg Gadamer）原著，洪漢鼎譯（臺北：時報文化出版企業有限公司，1995 年 7 月 18 日初版 1 刷）。

17. 《論傳統》，愛德華·希爾斯著，傅鏗、呂樂譯（臺北：桂冠圖書公司，1992 年 5 月初版 1 刷）。

18. 《接受美學與接受理論》，H. R. 姚斯、R. C. 霍拉勃著，周寧、金元浦譯，滕守堯審校（瀋陽：遼寧人民出版社，1987 年 9 月 1 版 4 刷）。

19. 《接受反應文論》，金元浦著（濟南：山東教育出版社，1998 年 10 月 1 版 1 刷）。

20. 《理解與對話》，朱立元（武昌：華中師範大學出版社，2006 月 1 版 1 刷）。

21. 《文化符號學》，龔鵬程（臺北：臺灣學生書局，1992 年 8 月初版）。

22. 《思想與文化》，龔鵬程（臺北：業強出版社，1995 年 1 月修訂版 1 刷）。

23. 《歷史與思想》，余英時（臺北：聯經出版事業公司，1992 年 4 月 17 刷）。

24. 《增訂九版歷史哲學》，牟宗三（臺北：臺灣學生書局，1988 年 8 月 9 版）。

25. 《中國哲學的方法論問題》，馮耀明（臺北：允晨文化實業公司，1989年9月）。

26. 《中國哲學十九講》，牟宗三（臺北：臺灣學生書局，1991年12月初版4刷）。

27. 《中國思想史論集》，徐復觀（臺北：臺灣學生書局，1993年9月初版9刷）。

28. 《中國藝術精神》，徐復觀（臺北：臺灣學生書局，1992年7月11刷）。

29. 《才性與玄理》，牟宗三（臺北：臺灣學生書局，1993年2月修訂8版）。

30. 《中國文化之精神價值》，唐君毅（臺北：正中書局，1992年10月臺2版9刷）。

31. 《中國人的價值觀——人文學觀點》，沈清松編（臺北：桂冠圖書公司，1994年8月再版1刷）。

32. 《中國古代美學範疇》，曾祖蔭（臺北：丹青圖書有限公司，1987年4月1日初版）。

33. 《中國古代思想中的氣論與身體觀》，楊儒賓主編（臺北：巨流圖書公司，1993年3月1版1刷）。

34. 《中國知識階層史論〈古代篇〉》，余英時（臺北：聯經出版事業公司，1993年5月初版2刷）。

35. 《老子哲學之詮釋與重建》，袁保新（臺北：文津出版社，1991年9月初版）。

36. 《孟子三辨之學的歷史省察與現代詮釋》，袁保新（臺北：文津出版社 1992年2月初版）。

37. 《莊子藝術精神析論》，顏崑陽（臺北：華正書局，1985年7月初版）。

38. 《呂氏春秋校釋》，陳奇猷校釋（臺北：華正書局，1988年8月初版）。

39. 《美學》，德尼斯、于斯曼著，欒棟、關寶艷譯（臺北：遠流出版公司，1994年3月1日臺灣初版3刷）。

40. 《藝術的奧秘》，姚一葦（臺北：臺灣開明書店，1988年11月11版）。

41. 《西方美學導論》，劉昌元（臺北：聯經出版事業公司，1994年6月2版）。

42. 《亞里士多德全集一‧論題篇》，亞里士多德著，徐開來譯（北京：

中國人民大學出版社，1997 年 1 月 2 刷）。

43. Thomas S. Kuhn：Essential Tension（Univ. of Chicago Pr.，1977）

44. Thomas S. Kuhn：Black-body Theory and the Quantum Discontinutily. 1894-1912（Harvard Univ. Pr.，1978）

Ⅰ B2. **實際批評**（詮釋與評價）

1. 《六朝詩話鉤沉》，張明高、鬱沅（北京：中國廣播電視出版社，1997 年 3 月 1 版 1 刷）。

2. 《唐人選唐詩新編》，傅璇琮編撰（臺北：文史哲出版社，1999 年初版）。

3. 《歷代詩話》，何文煥輯（北京：中華書局，1997 年 3 月 1 版 4 刷）。

4. 《歷代詩話續編》，丁福保輯（臺北：木鐸出版社，1988 年 7 月）。

5. 《百種詩話類編》，臺靜農編（臺北：藝文印書館，1974 年 5 月初版）。

6. 《宋詩話輯佚》，郭紹虞輯（臺北：華正書局，1981 年 12 月初版）。

7. 《宋人詩話外編》，程毅中主編（北京：新華書店，1996 年 3 月 1 版 1 刷）。

8. 《容齋隨筆》，洪邁（上海：上海古籍出版社，1996 年 3 月 1 版 1 刷）。

9. 《苕溪漁隱叢話》，胡仔（臺北：長安出版社，1978 年 12 月初版）。

10. 《瀛奎律髓》，方回選評，紀昀刊誤，諸偉民、胡益民點校，合肥：黃山書社，1994 年 8 月 1 版 1 刷）。

11. 《唐才子傳校箋》，傅璇琮主編（北京：中華書局，1990 年 9 月 1 版 1 刷）。

12. 《古今詩刪》，李攀龍，四庫全書珍本八集冊 243、246（臺北：臺灣商務印書館，1986 年 7 月初版）。

13. 《唐詩品彙》，高棅（臺北：學海出版社，1983 年 7 月初版）。

14. 《詩源辯體》，許學夷著，杜維沫點校（北京：人民文學出版社，1987 年 10 月 1 版 1 刷）。

15. 《唐音癸籤》，胡震亨（上海：上海古籍出版社，1985 年 5 月 1 版 1 刷）。

16. 《說郛三種》，陶宗儀等編（上海：上海古籍出版社，1989 年 1 月 1 版 2 刷）。

17. 《清詩話》，王夫之等撰，丁福保編（臺北：木鐸出版社，1988 年 9

月初版）。

18. 《清詩話續編》，郭紹虞編（臺北：藝文印書館，1985 年 9 月初版）。

19. 《清詩話訪佚初編》，杜松柏主編（臺北：新文豐出版公司，1987 年 6 月臺 1 版）。

20. 《唐賢三昧集箋註》，王阮亭選，黃香石評，吳退庵、胡甘亭輯註（臺北：廣文書局，1968 年 11 月初版）。

21. 《帶經堂詩話》，王士禎（臺北：廣文書局，1971 年 11 月初版）。

22. 《池北偶談》，王士禎（臺北：漢京文化事業有限公司，1984 年 5 月 15 日初版）。

23. 《唐詩別裁集》，沈德潛（上海：上海古籍出版社，1992 年 7 月 1 版 4 刷）。

24. 《說唐詩》，徐增（鄭州：中州古籍出版社，1990 年 12 月 1 版 1 刷）。

25. 《隨園詩話》，袁枚（臺北：漢京文化事業有限公司，1984 年 2 月 25 日初版）。

26. 《昭昧詹言》，方東樹（臺北：廣文書局，1962 年 8 月初版）。

27. 《李杜論略》，羅宗強（呼和浩特：內蒙古人民出版社，1982 年 12 月 1 版 2 刷）。

28. 《李杜的生命情調》，簡恩定（臺北：臺灣書店，1996 年 10 月初版）。

29. 《李杜新探》，喬長阜（合肥：黃山書社，1996 年 12 月 1 版 1 刷）。

30. 《李杜詩學》，楊義（北京：北京出版社，2001 年 3 月初版）。

31. 《李白詩文繫年》，詹鍈（北京：人民文學出版社，1984 年）。

32. 《李白詩論》，阮廷瑜（臺北：國立編譯館，1986 年 7 月初版）。

33. 《李太白研究》，徐少知編（臺北：里仁書局，1985 年 5 月 20 日）。

34. 《李白研究》，安旗（西安：西北大學出版社，1987 年 9 月 1 版 1 刷）。

35. 《李白詩的藝術成就》，施逢雨（臺北：大安出版社，1992 年 2 月 1 版 1 刷）。

36. 《李白詩歌抒情藝術研究》，松浦友久著，劉維治譯（上海：上海古籍出版社，1996 年 12 月 1 版 1 刷）。

37. 《李白的價值重估》，朱金城、朱易安（臺北：文史哲出版社，1995 年 10 月初版）。

38. 《謝朓與李白研究》，葑家培、李子龍主編（北京：人民文學出版社，1995 年 9 月 1 版 1 刷）。

39. 《李白思想研究》，楊海波（上海：學林出版社，1997 年 3 月 1 版 1 刷）。

40. 《杜工部詩說》，黃生（京都：中文出版社，1976 年 6 月）。

41. 《杜工部詩話集錦》，魯質軒輯（臺北：臺灣中華書局，1979 年 2 月臺 2 版）。

43. 《杜少陵先生評傳》，朱偰（臺北：東昇出版事業公司，1980 年 4 月初版）。

44. 《杜甫詩研究》，簡明勇（臺北：學海出版社，1984 年 3 月初版）。

45. 《杜甫夔州詩析論》，方瑜（臺北：幼獅文化事業公司，1985 年 5 月）。

46. 《杜甫作品繫年》，李辰冬（臺北：東大圖書公司，1990 年 4 月再版）。

47. 《讀杜詩說》，施鴻保（臺北：臺灣中華書局，1986 年 11 月臺 2 版）。

48. 《杜甫傳記唐宋資料考辨》，陳文華（臺北：文史哲出版社，1987 年 11 月初版）。

49. 《杜甫與六朝詩人》，呂正惠（臺北：大安出版社，1989 年 5 月初版）。

50. 《玉溪詩謎正續合編》，蘇雪林（臺北：臺灣商務印書館，1988 年 1 月初版

51. 《唐詩說》，夏敬觀（臺北：河洛圖書出版社，1975 年 12 月臺初版）。

52. 《談藝錄》，錢鍾書（臺北：書林出版有限公司，1988 年 11 月）。

53. 《唐詩散論》，葉慶炳（臺北：洪範書店有限公司，1987 年 1 月 3 版）。

54. 《鷗波詩話》，張夢機（臺北：漢光文化事業公司，1984 年 11 月 10 日再版）。

55. 《詩學論叢》，張夢機（臺北：華正書局，1993 年 5 月初版）。

56. 《古典詩文論叢》，顏崑陽（臺北：漢光文化事業公司，1987 年 3 月 20 日 2 版

57. 《從隱逸到宮體》，洪順隆（臺北：文史哲出版社，1984 年 7 月文 1 版）。

58. 《讀詩偶記》，龔鵬程（臺北：華正書局，1987 年 8 月再版）。

59. 《唐詩體派論》，許總（臺北：文津出版社，1994 年 10 月初版）。

II A. 文學批評史

1. 《中國文學批評史大綱》，朱東潤（臺北：臺灣開明書店，1984 年 2

月臺 7 版）。

2. 《中國文學批評小史》，周勛初（臺北：崧高書社，1985 年 7 月）。

3. 《中國文學批評史》，郭紹虞（臺北：文史哲出版社，1990 年 7 月）。

4. 《中國文學批評史》，羅根澤（臺北：學海出版社，1990 年 2 月再版

5. 《中國文學批評史》，王運熙、顧易生主編（臺北：五南圖書公司，1993 年 3 月 2 版 1 刷）。

6. 《中國文學批評通史》，六卷，王運熙、顧易生主編（上海：上海古籍出版社，1996 年 12 月 1 版 1 刷）。

7. 《中國文學理論批評史》，敏澤（吉林：吉林教育出版社，1993 年 3 月 1 版 1 刷）。

8. 《中國文學理論史》，五冊，黃保眞、成復旺、蔡鍾翔（臺北：洪葉文化事業有限公司，1993 年 12 月初版 1 刷）。

9. 《中國詩學思想史》，蕭華榮（上海：華東師範大學出版社，1996 年 4 月 1 版 1 刷）。

10. 《中國文學理論史──六朝篇》，王金凌（臺北：華正書局，1988 年 4 月初版）。

11. 《中國詩話史》，蔡鎮楚，湖南：湖南文藝出版社，1988 年 5 月 1 版 1 刷）。

12. 《李白詩歌接受史》，楊文雄（臺北：五南圖書出版公司，2000 年 3 月初版 1 刷）。

II B1. 文學批評的理論研究（批評本論與批評分論）

1. 《詩藪》，胡應麟（臺北：正生書局，1973 年 5 月）。

2. 《文體序說三種》，吳訥等（臺北：大安出版社，1998 年 1 版 1 刷）。

3. 《文學批評的視野》，龔鵬程（臺北：大安出版社，1990 年 1 月初版

4. 《中國文學理論與實踐》，王夢鷗（臺北：時報文化出版企業有限公司，1995 年 11 月 3 日初版 1 刷）。

5. 《漢語詩律學》，王力（香港：中華書局，1999 年再版）。

6. 《中國文法講話》，許世瑛（臺北：臺灣開明書店，1994 年 9 月修訂 21 版）。

7. 《詩言志辨》，朱自清（臺北：臺灣開明書店，1982 年 6 月臺 4 版）。

8. 《六朝文學觀念叢論》，顏崑陽（臺北：正中書局，1993 年 2 月臺初版）。

9. 《文心雕龍的風格學》，詹瑛（臺北：木鐸出版社，1988 年 9 月初版）。

10. 《中國詩學——思想篇》，黃永武（臺北：巨流圖書公司，1991 年 5 月 1 版 7 刷）。

11. 《中國詩學——設計篇》，黃永武（臺北：巨流圖書公司，1989 年 11 月 1 版 9 刷）。

12. 《中國詩學——考據篇》，黃永武（臺北：巨流圖書公司，1990 年 9 月 1 版 7 刷）。

13. 《中國詩學——鑑賞篇》，黃永武（臺北：巨流圖書公司，1991 年 5 月 1 版 10 刷）。

14. 《近體詩發凡》，張夢機（臺北：臺灣中華書局，1975 年 8 月 2 版）。

15. 《古典詩的形式結構》，張夢機（臺北：駱駝出版社，1997 年 7 月初版 1 刷）。

16. 《詩話與詞話》，張葆全（上海：上海古籍出版社，1984 年 1 月初版）。

17. 《詩話學》，蔡鎮楚（湖南：湖南教育出版社，1990 年 7 月 1 版 2 刷）。

18. 《詩話概說》，劉德重、張寅彭（臺北：學海出版社，1993 年 12 月初版）。

19. 《詩話摘句批評研究》，周慶華（臺北：文史哲出版社，1993 年 9 月初版）。

20. 《中國詩的神韻、格調及性靈說》，郭紹虞（臺北：華正書局，1975 年 4 月臺 1 版）。

21. 《詩史本色與妙悟》，龔鵬程（臺北：臺灣學生書局，1993 年 2 月增訂版 1 刷）。

22. 《比興物色與情景交融》，蔡英俊（臺北：大安出版社，1990 年 8 月 1 版 2 刷）。

23. 《中國古典詩論中「語言」與「意義」的論題——「意在言外」的用言方式與「含蓄」的美典》，蔡英俊（臺北：臺灣學生書局，2001 年 4 月初版）。

24. 《政府遷臺以來文學研究理論及方法之探索》，李正治主編（臺北：臺灣學生書局，1988 年 11 月初版）。

25. 《香港地區中國文學批評研究》，陳國球編（臺北：臺灣學生書局，1991 年 5 月初版）。

26. 《詩學箋注》，亞里士多德著，姚一葦譯註（臺北：臺灣中華書局，1993 年 8 月 10 版 3 刷）。

27. 《批評的概念》，雷內・韋勒克著，張金言譯（杭州：中國美術學院

出版社，1999 年 12 月 1 版 1 刷）。

28. 《批評的循環》，D. C. 霍伊著，陳玉蓉譯（臺北：南方叢書出版社，
    1988 年 8 月初版）。

29. 《馬克思主義與文學批評》，Terry Eagleton 著，文寶譯（臺北：南方
    叢書出版社，1987 年 10 月）。

30. 《文學結構主義》，羅伯特・休斯著，劉豫譯（臺北：桂冠圖書公司，
    1995 年月 1 初版 1 刷）。

31. 《接受美學譯文集》，劉小楓選編（北京：三聯書店，1989 年 1 月 1
    版 1 刷）。

32. 《接受理論》，張廷琛編（成都：四川文藝出版社，1989 年 5 月 1 版
    1 刷（案，以上二書因「內容性質」屬於文學批評的範疇，故置此）。）

33. 《比較文學概論》，陳惇、劉象愚（北京：北京師範大學出版社，1988
    年 12 月 1 版 1 刷）。

34. 《現象學與解釋文論》，王岳川著（濟南：山東教育出版社，2001 年
    7 月 1 版 2 刷）。

35. 《比較文學方法論》，劉介民（臺北：時報文化出版企業有限公司，
    1990 年 5 月 5 日初版 1 刷）。

36. 《比較文學影響論——誤讀圖示》，哈羅德・布魯姆著，朱立元、陳
    克明譯（臺北：駱駝出版社，1992 年 1 月）。

37. 《影響的焦慮：詩歌理論》，哈羅德・布魯姆著，徐文博譯（臺北：
    久大文化股份有限公司，1990 年）。

38. 《批評、正典結構與預言》，哈羅德・布魯姆著，吳瓊譯（北京：中
    國社會科學出版社，2000 年 10 月 100 版 1 刷）。

39. 《西方當代文學批評在中國》，陳厚誠、王寧主編（天津：百花文藝
    出版社，2000 年 10 月 1 版 1 刷）。

40. 《從浪漫主義到後現代主義》，蔡源煌（臺北：雅典出版社，1998 年
    3 月修訂 8 版）。

41. 《西洋文學術語叢刊》，顏元叔主譯（臺北：黎明文化事業公司，1978
    年 2 月再版）。

42. 《文學批評術語》，Frank Lentricchia & Thomas Mclaughlin 編，張京
    媛等譯（香港：牛津大學出版社，1994 年）。

II B2. 文學批評的批評（詮釋與評價）

1. 《詩品集注》，鍾嶸著，曹旭集注（上海：上海古籍出版社，1996
   年 8 月 1 版 2 刷）。

2. 《文心雕龍注釋》，劉勰撰，周振甫注（臺北：里仁書局，1984 年 5 月 20 日）。

3. 《文史通義校注》，章學誠著，葉瑛校注（臺北：里仁書局，1984 年 9 月 10 日）。

4. 《詩比興箋》，陳沆（臺北：藝文印書館，1970 年 9 月初版）。

5. 《中國古典文學批評論集》，葉慶炳、吳宏一等（臺北：幼獅文化事業公司，1988 年 1 月再版）。

6. 《文學批評論集》，張健（臺北：臺灣學生書局，1985 年 10 月初版）。

7. 《中國文學批評》，張健（臺北：五南圖書出版公司，1992 年 8 月 2 版 1 刷）。

8. 《鍾嶸詩品箋證稿》，王叔岷（臺北：中央研究院中國文哲研究所，1992 年 3 月初版）。

9. 《文心雕龍綜論》，中國古典文學研究會主編（臺北：臺灣學生書局，1988 年 5 月初版。

10. 《鏡花水月——文學理論批評論文集》，陳國球（臺北：東大圖書公司，1987 年 12 月初版）。

11. 《杜詩學引論》，許總（臺北：聖環圖書股份有限公司，1997 年 2 月 1 版 1 刷）。

12. 《河岳英靈集研究》，李珍華、傅璇琮撰（北京：中華書局，1992 年 9 月 1 版 1 刷）。

13. 《李商隱詩箋釋方法論》，顏崑陽（臺北：臺灣學生書局，1991 年 3 月初版）。

14. 《司空圖新論》，王潤華（臺北：東大圖書公司，1989 年 11 月初版）。

15. 《皎然詩式輯校新編》，許清雲（臺北：文史哲出版社，1984 年 3 月初版）。

16. 《會通化成與宋代詩學》，張高評（臺南：國立成功大學，2000 年 8 月初版）。

17. 《江西詩社宗派研究》，龔鵬程（臺北：文史哲出版社，1983 年 10 月初版）。

18. 《宋金四家文學批評研究》，張健（臺北：聯經出版事業公司，1983 年 5 月初版 2 刷）。

19. 《滄浪詩話校釋》，嚴羽著，郭紹虞校釋（臺北：里仁書局，1987 年 4 月 1 日）。

20. 《滄浪詩話研究》，張健（臺北：五南圖書出版公司，1992 年 8 月初

版 4 刷）。

21. 《嚴羽及其詩論之研究》，黃景進（臺北：文史哲出版社，1986 年初版）。

22. 《「唐詩」、「宋詩」之爭研究》，戴文和（臺北：文史哲出版社，1997 年 6 月初版

23. 《元代詩法校考》，張健（北京）編著（北京：北京大學出版社，2001. 年 1 版 1 刷

24. 《讀杜新箋──律髓批杜詮評》，張夢機（臺北：漢光文化事業公司，1987 年 3 月 20 日 2 版）。

25. 《明代文學批評研究》，簡錦松（臺北：臺灣學生書局，1989 年 2 月初版）。

26. 《唐詩的傳承──明代復古詩論研究》，陳國球（臺北：臺灣學生書局，1990 年 9 月初版）。

27. 《明清文學批評》，張健（臺北：國家出版社，1983 年 1 月初版）。

28. 《清代詩話研究》，張健（臺北：五南圖書出版公司，1993 年 1 月初版 1 刷）。

29. 《清初杜詩學研究》，簡恩定（臺北：文史哲出版社，1986 年 8 月初版）。

30. 《王漁洋詩論之研究》，黃景進（臺北：文史哲出版社，1980 年 6 月初版）。

肆、單篇論文（據前分類原則）

IB1.

1. 〈「生之謂性」試論〉，岑溢成（收入《鵝湖學誌》第一期，臺北：文津出版社，1988 年 5 月）。

2. 〈從杜甫、韓愈到宋詩的形成〉，龔鵬程（收入張高評主編《宋代文學研究叢刊》（第三期），高雄：麗文文化事業股份有限公司，1997 年 9 月初版一刷）。

IB2.

3. 〈談黃庭堅與李杜詩〉，范月嬌（收入《淡江大學中文學報》創刊號）。

4. 〈李白對杜甫的影響〉，黃國彬（收入《中外文學》第十一卷，第五期，1982 年 10 月 1 日）。

5. 〈評李杜詩〉，傅庚生（收入羅聯添編《中國文學史論選集》（三），臺北：臺灣學生書局，1986 年 9 月初版二刷）。

6. 〈李杜交遊與詩風比較〉，吳天任（收入羅聯添編《中國文學史論選集》（三），臺北：臺灣學生書局，1986 年 9 月初版二刷）。

7. 〈屈莊思想與李白性格〉，張瑞君（收入中國李白研究會編，《中國李白研究》（1990 年集·下），江蘇：江蘇古籍出版社，1991 年 6 月 1 版 1 刷）。

8. 〈並莊屈以爲心——李白詩歌思想內容的一大特色〉，王運熙（收入王運熙《王運熙卷》，合肥：安徽教育出版社，1998 年 12 月 1 版 1 刷）。

9. 〈說唐詩〉，楊牧（收入楊牧，《隱喻與實現》，臺北：洪範書店有限公司，2001 年 3 月初版）。

II B1.

10. 〈從「言意位差」論先秦至六朝「興」義的演變〉，顏崑陽（收入《清華學報》，第 28 卷，第二期，1998 年）。

11. 〈漢代「楚辭學」在中國文學批評史上的意義〉，顏崑陽（尚未結集）。

12. 〈漢代「賦學」在中國文學批評史上的意義〉，顏崑陽（尚未結集）。

13. 〈論詩歌文化中的「託喻」觀念——以《文心雕龍》，爲討論起點〉，顏崑陽（收入國立成功大學中文系編《魏晉南北朝文學與思想學術研討會論文集》，第三輯，臺北：文津出版有限公司，1997 年 9 月初版）。

14. 〈論唐代「集體意識詩用」的社會文化行爲現象——建構「中國詩用學」初論〉，顏崑陽（收入第四屆唐代文化學術研討會論文集）。

II B2.

15. 〈李杜優劣論和李杜詩歌的歷史命運〉，馬積高（收入李白研究學會編《李白研究論叢》，第二輯，成都：巴蜀書社，1990 年 12 月 1 版 1 刷）。

16. 〈論「一李九杜」與「一杜九李」的審美差異〉，羊春秋（收入李白研究學會編，《李白研究論叢》，第二輯，成都：巴蜀書社，1990 年 12 月 1 版 1 刷）。

17. 〈兩《唐書》，對李白的不同評價〉，王運熙（收入中國李白研究會編《中國李白研究》（1991 年集），江蘇：江蘇古籍出版社，1993 年 4 月 1 版 1 刷）。

18. 〈李白詩歌的兩種思想傾向和後人評價〉，王運熙（收入王運熙，《王運熙卷》，合肥：安徽教育出版社，1998 年 12 月 1 版 1 刷）。

19. 〈葉燮《原詩》「正變」觀試析〉，王策宇（收入中國古典研究會主編《古典文學》，第十集，臺北：臺灣學生書局，1988 年 12 月初版）。